AF194088

Klöni und Ylvi

Band 1

von Klaus-Peter Sperling

Bibliografische Information der Deutschen Nationalbibliothek:
Die Deutsche Nationalbibliothek verzeichnet diese Publikation
in der Deutschen Nationalbibliografie; detaillierte bibliografische Daten sind im Internet über dnb.dnb.de abrufbar.

Herstellung und Verlag: BoD – Books on Demand, Norderstedt

ISBN: 978-3-7534-9902-4

INHALTSVERZEICHNIS

1. Mama nahm alles leicht

Mama hatte immer gesagt: „Man soll nie aufgegeben und abwarten, was das Leben mit sich bringt!"

Da war Klöni nun mit Papa angekommen in ihrer neuen Heimat Lohme, auf der Ferieninsel Rügen. Noch nordöstlicher kann man in Deutschland gar nicht wohnen. Beide konnten weit nach Norden blicken. Die Ostsee empfing sie an diesem Tag in einem herrlichen Blau. Die seichten Wellen mit ihren weißen Strudeln, strahlten eine unendliche Ruhe aus. Die rauschenden Buchen- und Kiefernwälder klangen fast wie Meeresrauschen auf der Landseite.

Seit Klöni geboren wurde, lebten sie in einem kleinen Ort südlich von Hamburg. Papa und Mama hatten hier ein kleines Restaurant geführt, mit niedlichen Dekorationen, urigen Tischen und Stühlen, so als wenn es eine Puppenstube wäre.

Die Gäste saßen in Sommermonaten an rustikalen Tischen und ließen sich verwöhnen. Sonnenschirme schützten die Gäste vor den heißen Sonnenstrahlen und gelegentlich auch mal vor einem kleinen Regenschauer.

Die Gäste sind gerne bei ihnen gewesen und haben das hervorragende Essen von Papa und Mama genossen.

Draußen sitzen ist im Norden schon ein Privileg der Natur. Sie wirkt immer ein wenig Rauh. Man kann die Zeit hier draußen von Mai bis August eines jeden Jahres genießen.

In den restlichen Monaten des Jahres waren die Gäste im inneren des Restaurants.

Es ist aufregend gewesen, all die vielen Leute um sich herum zu haben. Sie erzählten sich bei einem kalten oder warmen Getränk die schönsten Geschichten. Die Gäste waren immer entspannt und ließen es sich bei Papa und Mama gut gehen.

Für Klöni war es einzigartig, in der schönen Umgebung und mit den lieben Gästen aufzuwachsen. Doch das schönste daran war: Klöni durfte zuhören und mitreden, mit fremden Menschen, die ich vielleicht nur einmal im Leben sah und die ihm doch so vertraut waren. Weil er immer so lustig mitreden konnte, nannten mich die Gäste „KLÖNI".

Sein richtiger Vorname ist Niklas. Aber der Name Niklas klang für die Gäste nicht so passend. Er wollte doch immer mitreden und mitlachen. Aus diesem Grund hatte er schon im Alter von 4 Jahren den Namen „Klöni" für immer an der Backe.

Klöni ist anders als die anderen Kinder heute. Er ist frei und offen aufgewachsen. Trotz aller Freiheit hatten ihm Papa und Mama immer seine Grenzen aufgezeigt. Ein Smartphone oder ein Tablett sind für Klöni nicht wichtig, im Gegensatz zu seinen anderen Freunden und Freundinnen.

Die beschäftigen sich nur noch mit dem Smartphone, Tablet oder Spielekonsole. Es wird kaum miteinander geredet.

Oft schreiben sie sich irgendwas über WhatsApp oder Twitter. Es wird gekichert und getuschelt, oder es wird böse dreingeschaut. Der oder die eine oder andere, hat nach einer Nachricht auf seinem Smartphone sogar geweint.

Klöni hat dann gefragt: „Warum weinst du?"

Ganz selten hat er darauf eine Antwort erhalten. Waren es Geheimnisse? Waren es Lügen?

Klöni, der gerne redet, wurde oft mit kurzen zischenden Lauten von seinen Freunden abgefertigt. Das war komisch für ihn. Er war es doch von den Gästen so gewohnt, dass man über Alles und Jedes reden oder lachen konnte.

Wenn mal jemand traurig war, dann wurde sie oder er in den Arm genommen und über den Kopf gestreichelt.

Sie hörten sich seine oder ihre Geschichte an. Danach redeten sie mit Ihr oder Ihm über seine Traurigkeit, um gemeinsam nach einer Lösung zu suchen.

Oft konnten sie anschließend wieder gemeinsam lachen und Spaß haben.

Natürlich hatten sie in der Zeit viele lustige Geschichten zu erzählen und haben sich an ihrem Leben erfreut. Klöni`s Interesse lag immer am Gespräch mit anderen Menschen. Er konnte schon früh seinen Wortschatz bereichern, sodass er darauf achten musste nicht als Klugscheißer abgestempelt zu werden.

Mit seinen mittelblonden Haaren und den Sommersprossen, die er von Mama geerbt hatte, war er sogar für viele eine optische Attraktion. Das war eine schöne Zeit für ihn. Doch dann war von dem einen Moment auf den anderen Moment alles anderes.

Mama wurde plötzlich krank, Papa sprach kaum mit Klöni. Mama musste ins Krankenhaus und Klöni ging weiter zur Schule. Papa hatte viele Sorgen, da für ihn die Arbeit im Restaurant nicht zu schaffen war. Schließlich hatte Mama fast ohne seine Hilfe alle anfallenden Arbeiten in der Küche bewältigt. Klöni hatte versucht zu helfen, wie es es für ihn möglich war.

Mama ging es zusehends schlechter. Doch niemand hatte Klöni gesagt warum? Die Gäste wurden ruhiger und ss wurde nicht mehr so viel gelacht.

Papa war dauernd unterwegs zum Krankenhaus oder in die Reha Klinik. Das ging viele Wochen so, bis zu dem Tag, wo Papa mit verweinten Augen nach Hause zurückkehrteund Klöni sagte, dass Mama jetzt im Himmel sei und nicht mehr auf der Erde.

Papa konnte nicht mehr so arbeiten wie vorher. Er war immer sehr traurig. Die Gäste blieben fort, weil wir nicht mehr so schönes und leckeres Essen in unserem Restaurant auf den Tisch bringen konnten.

Dabei half auch nicht der Koch, den Papa beschäftigt hatte. Und so mussten wir das Restaurant aufgeben. Papa sagte immer zu Klöni: „Ach Klöni, lass uns woanders hingehen und neu anfangen, damit wir nicht immer an die alten Zeiten erinnert werden!"

2. Die Idee und sonst noch was

Klöni war einverstanden mit dem Vorschlag von Papa, an einem anderen Ort wieder einen Neuanfang zu starten. Schließlich waren alle seine Freunde in den letzten Wochen und Monaten, seitdem meine Mama im Himmel war, noch doofer und noch beleidigender geworden.

Immer diese halben Sätze und Kraftausdrücke, die sich gegen Klöni und meinen Papa richteten. Die Gäste waren auch kaum mehr da. Keine lustigen Geschichten, kein Lachen mehr. Alles war mit einem Mal ganz anders.

Papa hatte von einem ehemaligen Gast den Tipp bekommen, dass auf der Insel Rügen in dem kleinen Ort Lohme ein Cafe mit am Hafen zu verpachten sei. Es wäre zwar nur ein Saisongeschäft, aber wenn es gut laufen würde, kann man in den ruhigen Monaten die verbleibende Zeit für sich nutzen.

Auf eine Insel, na das kann ja was werden.

„Würden wir mit dem Schiff oder einer Fähre dorthin fahren müssen?" überlegte Klöni laut.

„Nein", sagte Papa, „auf die Insel führt eine große Brücke, die uns die Fahrzeit verkürzen wird."

Klöni traf noch den ein oder anderen Gast und erzählte ihm von der neuen Idee.

„Super, dass Ihr euch so etwas zutraut", oder „Das wird eine sehr gute Erfahrung für euch. Ich beneide euch. Ihr wohnt dann dort, wo andere ihren Urlaub verbringen. Das ist bestimmt eine schöne Atmosphäre!" Das waren Kommentare von unseren Gästen.

Diese und so ähnliche Antworten bekam Klöni, wenn er sich mit den alten Gästen über ihr neues Ziel unterhalten hat.

Klöni war neugierig und schaute auf Google Maps nach, wo der Ort Lohme und die Insel Rügen liegen.

Lohme liegt ganz schön nah am Wasser der Ostsee. Die berühmten Kreidefelsen sind direkt nebenan. Das klang spannend und er konnte meiner Fantasie freien Lauf lassen.

Wie würde es wohl sein in einem neuen Haus zu leben? Wie wird es sein, die neuen Nachbarn kennenzulernen? Wie kommt er mit den neuen Klassenkameraden in der neuen Schule zurecht? Gibt es dort interessante Geschäfte? Haben wir WLAN?

Das war eine kleine Auswahl seiner vielen Fragen, die Klöni so hatte.

Ein großer Klotz lag Klöni noch im Bauch. Er freute sich zwar auf das Neue und Unbekannte. Aber jetzt musste er sich von seinen alten Klassenkameraden und Spielfreunden verabschieden. Würde es ihm sehr schwerfallen?

Yannis, Bernd, Mattes, Krollkopf (Herbert mit den roten Locken), Bea, Astrid und Luise, wird er bestimmt immer schreiben oder mit ihnen telefonieren, um zu berichten, wie es ihm am neuen Wohnort geht. Vielleicht dürfen sie ihn im Sommer besuchen, wenn es die Zeit zulässt. Platz wäre genug im neuen Cafe.

Es kam der Morgen seines letzten Schultages in der alten Schule Am Berg. Unsere Lehrerin Frau Schmenke (Tante Griesgram) ließ sich zuerst nichts anmerken. Aber von Minute zu Minute wurde sie immer nervöser. So kannte Klöni sie nicht. Ungefähr zur Hälfte der 4. Schulstunde sagte sie auf einmal: „Kinder, ihr könnt jetzt euere Sachen zusammenpacken. Wir gehen alle gemeinsam in die Aula." Was war jetzt los? Alle packten rasch Ihrem Schulsachen in die Tornister und rannte in die Aula.

Frau Schmencke rief Klöni: „Niklas, komm bitte mal zu mir!"

Uupps, dachte Klöni. Was kommt jetzt auf mich zu? Sie nennt mich beim richtigen Vornamen?

Mit einem lieben und verträumten Blick sagte Frau

14

Schmencke: „Niklas, wir haben ein kleines Abschiedsge-schenk für dich vorbereitet. Komm bitte jetzt mit mir in die Aula. Ich werde dir kurz vorher noch einmal die Augen verbinden und wir gehen dann gemeinsam an den Platz!"

Sie gingen Hand in Hand bis vor die Aula. Es war Mucksmäuschen still. Wo waren die Klassenkameraden hin. Üblicherweise würde man sie doch schon von weitem hören, wenn sie in der Aula herumtoben.

Frau Schmencke legte mir ein Band vor die Augen und zurrte es leicht fest. „Komm Niklas, gib mir deine Hand und ich führe dich an deinen Platz."

Es war immer noch still um mich herum. Was wird jetzt wohl passieren. Klöni hörte ein Glöckchen läuten. Frau Schmencke nahm ihm das Band vom Kopf.

Wow, die Aula war voll mit allen Schülern aller Klassen. Auf der Bühne war ein Strand mit Liegen und bunten Sonnenschirmen aufgebaut. Auf der Leinwand dahinter war ein Meer zu sehen. Neben dem Strand hatte man eine große Bank und ein Rednerpult aufgebaut.

Im nächsten Moment strömten alle seine Klassenkameraden auf die Bühne und nahmen Platz auf den Liegen unter den bunten Sonnenschirmen.

„KLÖNI!" riefen die Klassenkameraden. „Komm rauf zu uns auf die Bühne und setz dich auf die große Bank."

Etwas verlegen und nervös ging Klöni auf die Bühne. Er setzte sich auf die Bank. Und jetzt? Was kommt jetzt? Ihm wurde noch komischer im Magen.

In diesem Moment trat unsere Schulleiterin Frau Hermke (Die Unnahbare) an das Rednerpult.

„Lieber Niklas ....",

Klöni war wie schläfrig! Er hat nichts mehr mitbekommen, was Frau Hermke alles zu ihm gesagt hatte. Erst als sie rief: „Jetzt wollen deine Klassenkameraden zum

Abschied mit dir feiern und einen Riesenspass mit dir veranstalten!"

Und dann ging es los! Alle spielten mein Lieblingsquatschspiel: „Was liegt da am Strand und redet undeutlich?"

Das ist Spiel sehr lustig und hat bestimmt zeitlich eine ganze Stunde verschlungen. Ihr könnt den Buchtitel suchen. Sicher wird es euch auch einen großen Spaß bereiten.

3. Wie geht's weiter?

Nachdem Papa alle Dinge mit dem Verkauf des alten Restaurants und dem neuen Pachtvertrag des kleinen Cafes mit 5 Fremdenzimmern geklärt hatte, konnte es los gehen.

Sie fuhren mit dem Auto von Hamburg in Richtung Lohme. Auf der Landkarte sah es gar nicht so weit aus.

5 Stunden sind sie mit dem Auto gefahren. Wahnsinn lang kam es Klöni vor.

Zwischendurch hatte Klöni Papa gefragt: „Wohnt hier niemand? Hier stehen ganz wenige Häuser und die Felder sind so riesig. Wo sind die ganzen Menschen?"

Papa sagte nur leise zu ihm: „Klöni, du musst geduldig sein und abwarten!"

Ja, und dann waren sie tatsächlich angekommen in Lohme.

Das Cafe ist von außen sehr schön anzusehen. Ein Gebäude im Fachwerkstil auf 2 Etagen. Die niedlichen Fensterchen und das Fachwerk sind blaugrau angestrichen. Das ganze Haus leuchtete in der Abendsonne.

Das ganze Gebäude war von Kopfsteinpflaster umgeben, wie auch manche Straßen, die sie auf dem Hinweg befahren hatten.

Im ersten Moment schien es für Klöni so, als hätte meine Mama ihnen das schöne Haus ausgesucht. Es wäre auch ihr Traum gewesen.

Nun begann für Klöni eine spannende Zeit. Folgt der Einladung von Klöni ihn in seiner Heimat zu begleiten.

Natürlich war es im ersten Moment eine riesige Aufgabe sich hier einzugewöhnen. Aber da alles so niedlich und verspielt war, fühlte Klöni sich schnell zuhause.

Papa hatte mit einem Mal bessere Laune. Er wirkte fast immer gut gelaunt und gelöst. Er traute sich an seine Arbeit heran und ließ seine gesamte Kreativität an den neuen Aufgaben im Cafe aus.

Zuerst haben sie sich eine Teilzeitkraft gesucht, die ihnen bei den kommenden Aufgaben unterstützen sollte.

Klöni hatte schließlich nicht immer die Zeit, Papa zu helfen. Schließlich musste e von montags bis freitags in seine neue Schule.

Apropos Teilzeitkraft! Svea war schon am nächsten Tag gekommen und hat sich vorgestellt. Blond, nordischer Typ, 175cm groß und strahlend blaue Augen. Sie wird noch sehr oft in dieser Geschichte vorkommen!

Eine neue Schule! Klöni war gespannt, wie seine neuen Klassenkameraden so sind.

Peng, da war der nächste Morgen auch schon da. Hier in Lohme geht im Februar schon um 6.30 Uhr die Sonne auf.

Klöni war hellwach und sehr gespannt auf seinen ersten Schultag.

Es war echt kalt hier auf der Insel und der Wind pfiff an der Schule ganz schön um die Ecke. Kein Wunder, war es doch direkt wieder in der Nähe der Ostsee.

Ja und das Wasser der Ostsee brachte die kalte Luft dazu, sich kälter anzufühlen, da die Luft durch das Wasser schön feucht war.

Die Sonne schien und der frisch gefrorene Boden glitzerte in der Sonne.

Am ersten Tag hatte Papa Klöni zur Schule gefahren. Papa begleitete Klöni bis zum Klassenraum und gab ihm einen freundlichen Klaps auf den Po.

„Nix wie rein mit dir und sei nett und anständig, Klöni!"

Hammer meine neuen Klassenkameraden! An Klöni`s alter Schule sind alle in der 4.Klasse und so um die 10 Jahre alt gewesen.

Das schien hier etwas anders zu sein. Klöni schätzte, dass die ältesten Klassenkameraden hier an der Schule schon
mindestens 12 Jahre alt waren. Einige von den Jungs wirkten optisch schon etwas älter, aber nicht in ihrer Aussprache.

Wie sich später herausstellen sollte, waren es Schüler der Orientierungsstufen 5. Klasse, die aus Platzmangel an Ihrer Schule, nun bei uns in die Schule gingen.

Die Heranwachsenden Jugendlichen sind nicht anders als seine alten Schulkameraden. Jeder hat außerhalb des Unterrichts sein Smartphone in der Hand.

Am besten hatten sie dann noch die teuren Kopfhörer auf dem Kopf, die jegliche Kommunikation unterbinden sollte.

Lautes Lachen oder leises Tuscheln, mit vor den Mund gehaltener Hand, gehörten bei den Schülern, genauso wie in meiner alten Schule, zum guten Ton.

Unser Klassenlehrer, Herr Bosse, war ein stattlicher und großer Mann. Allein dieser Umstand sorgte schon für den nötigen Respekt in seiner neuen Klasse. An seiner alten Schule gab es nur Lehrerinnen. Da dauerte es oft lange bis alle ruhig waren und der Unterricht beginnen konnte.

Als Neuling in der Klasse zum 2.Halbjahr der 4. Klasse hat Herr Bosse Klöni den anderen erst einmal vorgestellt. Dazu musste er zu ihm nach vorne kommen. Das war echt komisch. So vor der neuen Klasse zu stehen.

„Das ist Niklas, euer neuer Klassenkamerad," sagte Herr Bosse. „Niklas ist zusammen mit seinem Vater neu zu uns auf die Insel Rügen gekommen. Sie werden hier das kleine Cafe in Lohme am Hafen für unsere Urlaubsgäste neu eröffnen."

In diesem Moment blitzte ein Augenpaar in der dritten Reihe auf!

Rote Haare, strahlend blaue Augen und ein schönes Lachen strahlten Klöni entgegen. Mama hätte jetzt zu mir gesagt: „Rote Haare und blaue Augen? Das ist eine seltene Kombination. Auf der ganzen Welt gibt es davon nur wenige Menschen!"

Irgendwie hatte Klöni in diesem Moment das Gefühl nur noch in die Richtung schauen, aus der ihn dieses Lächeln anstrahlte.

Er fühlte sich geweckt, als Herr Bosse ihn an seinen neuen Platz in der Klasse brachte. 4.Reihe, direkt hinter dem netten rothaarigen Mädchen.

Baff und erstaunt war er, als sich das rothaarige Mädchen zu ihm umdrehte und laut sagte: „Es freut mich dich kennenzulernen, Niklas! Ich bin Ylvi und erst seit dem letzten Sommer hier in dieser Klasse." Schon war der schöne Moment der Begrüßung vorbei.

„Ich bitte jetzt um eure Aufmerksamkeit und Konzentration, Kinder", schallte es in die Klasse. Herr Bosse war schon imposant und dazu noch seine forsche Stimme. Da musste man echt Respekt haben.

„Wir haben in der Zeit bis zu den Sommerferien viel vor und ihr müsst konzentriert sein, damit ihr den Sprung in die weiterführenden Schulen schafft!"

In diesem Moment blickten sich die 6 Schüler der 5.Klasse an und fingen an zu lachen. Hatte das was mit ihren Vornamen zu tun? Heiko, Kevin, Ronny bei den Jungs und Cindy, Chantal, Jaqueline bei den Mädchen?

„Was gibt es da zu lachen? Gerade von euch erwarte ich Disziplin und Aufmerksamkeit im Unterricht. Ihr werdet von mir gesonderte Aufgaben bekommen in den

20

nächsten 8 Wochen bis zu den Osterferien!" Herr Bosse erhob dabei den Zeigefinger.

„Nach Ostern werdet ihr dann in eure Schule zurückkehren können. Also reißt euch zusammen und macht bis dahin ordentlich im Unterricht mit!"

Diese klaren Worte, gepaart mit der Stimme von Herrn Bosse, waren eine echte Ansage.

Ylvi hatte gespannt zugehört und sich wieder nach vorne umgedreht. Bis zur ersten Pause verging der Unterricht sehr schnell. Schließlich wurden wir in den Fächern Deutsch und Mathematik ganz schön gefordert.

Es war immer noch schön kalt, als wir alle auf den Schulhof durften, um ein wenig zu entspannen. Aber aus der gewünschten Entspannung wurde irgendwie nichts. Zu neugierig waren die anderen Klassenkameraden auf mich. Sie löcherten Klöni mit ihren Fragen, wo er denn herkommt und was er so machen würde, wenn keine Schule ist.

Da Klöni nicht auf den Mund gefallen war und sein Vokabular ausreichend genug erschien, um die vielen Fragen zu beantworten, tat er es bereitwillig.

Nur Ylvi war nicht bei den fragenden Klassenkameraden dabei. Deshalb war Klöni schon leicht unkonzentriert bei seinen Antworten.

„Ich bin mit meinem Vater aus der Nähe von Hamburg hierhin gekommen. Wir eröffnen bald das neue Cafe im Hafen von Lohme."

Seine Stimme wurde etwas leiser und Klöni überlegte, ob er etwas über seine Mama sagen sollte.

„Und wo ist deine Mutter?" wurde er im nächsten Moment gefragt. Klöni schaute ruhig an den Himmel und zeigte mit dem Finger auf die strahlende Sonne.

„Dort oben, in dieser Richtung, da ist meine Mama jetzt. Sie schaut auf mich herunter und begleitet mich jeden Tag und jede Nacht."

„Oh!" entfuhr es in diesem Moment den anderen. Die Klassenkameraden wackelten von einem Bein aufs andere.

Ein kleiner Junge, vermutlich aus der 2.Klasse stand bei uns und fragte: „Und was macht deine Mama da oben?" Die anderen lachten in diesem Moment und riefen: „Man bist du blöd!"

„Nein!" entgegnete Klöni, und wandte mich zu dem kleinen Jungen. „Du kannst ja noch nicht wissen was der Fingerzeig von mir bedeutet hat. Meine Mama war für mich der liebste Mensch auf der Welt. Sie war immer für mich da. Sie hatte ein Lächeln zu jeder Tageszeit im Gesicht. Doch plötzlich ist sie krank geworden und nach wenigen Wochen gestorben. Damit wir wieder klarer denken können und weniger traurig sind, haben mein Papa und ich beschlossen, hier auf die Insel Rügen zu ziehen und ein neues Leben zu beginnen."

Der kleine Junge schaute gebannt zu Klöni auf und rannte weg. Seine Klassenkameraden zogen sich auch langsam zurück. Ylvi stand jetzt vor ihm, nahm ihn in den Arm und sagte: „Erzähl mir mehr von dir, nach der Schule. Ich bin überrascht, dass du dich so gut ausdrücken kannst."

Es klingelte, die Pause war zu Ende und wir gingen alle in den Klassenraum zurück. Die nächsten Stunden bis zum Schulende vergingen rasant. Wir stürmten alle zusammen zur Bushaltestelle. Klöni fuhr zusammen mit zwei anderen Schülern der Schule mit dem Bus nach Lohme. Die anderen fuhren in andere Orte auf der Insel Rügen, die Klöni noch nicht kannte.

4. Ein langer Weg nach Hause

Ylvi war leider nicht in Klöni`s Bus eingestiegen. Er hätte sich jetzt gerne mir ihr ein wenig unterhalten. Aber was soll`s? Schließlich wartete Papa auf mich. Klöni musste ihn auch unterstützen.

Papa war schon dabei, das Cafe innen neu zu gestalten. Farbeimer, Abdeckplanen, Pinsel, Spatel und jede Menge anderes Werkzeug lagen herum.

„Na Klöni, wie war der erste Tag in der neuen Schule?" Papa hatte dabei ein Lächeln im Gesicht und ich merkte, dass es ihm gut ging.

„Joaaah, es war ganz nett in der neuen Klasse. Herr Bosse, unser Lehrer, ist ein guter Typ!"

„Was ist mit dir Klöni? Bist du traurig?" fragte Papa

„Ein wenig schon. Ich würde das gerne Mama zeigen, was wir hier alles erleben. Aber das geht ja leider nicht mehr:"

Papa nahm Klöni in den Arm und sagte: „Komm wir essen jetzt erstmal schön zu Mittag und du erzählst mir dann alles, was heute so in der Schule los war."

Eine leckere Suppe hatte Papa gekocht; mit Würstchen drin. Klöni erzählte ihm, was alles heute in der Schule passiert war. Das tat ihm sehr gut, denn jetzt war alles nicht mehr so schlimm in seinen Gedanken. Es war schön, dass Klöni alles vom ersten Schultag loswerden konnte.

„Klöni! Jetzt musst du aber noch deine Hausaufgaben erledigen. Nachher kommt unsere neue Hilfe für die Küche. Svea heißt sie und kommt aus Ystad.

Das liegt genau gegenüber von der Insel Rügen in Schweden. Im Herbst wird es eine neue Fährverbindung geben, von Sassnitz nach Ystad. Das soll eine schnelle Fähre sein. Man kann dann in zwei Stunden über die Ostsee fahren, um von Ort zu Ort zu gelangen."

So fröhlich hatte Klöni Papa lange nicht mehr gehört. Es klang in seiner Stimme eine große Begeisterung, als er das erzählte.

„Ok, dann mach ich mich mal an die Hausaufgaben. Viel ist es nicht, was wir für zuhause aufbekommen haben. Herr Bosse meinte, dass wir in der Schule mehr lernen können als zuhause. Er hätte als Kind lieber auch nach der Schule Freizeit gehabt, anstatt zu lernen."

Die Zeit, bis Svea kam, war schnell rum. Sie kam nicht allein zu uns ins Cafe.

Ylvi war bei ihr. Erstaunt schauten wir uns an. Ebenso erstaunt schauten Papa und Svea. „Kennt ihr euch?" fragte Papa.

„Jaaa!" sprudelte es aus Ylvi heraus. „Niklas und ich sind in einer Klasse!"

„Klöni, davon hast du mir eben beim Mittagessen nichts erzählt."

„Äääh, ich" stammelte ich etwas verlegen. „Äääh, dazu bin ich noch nicht gekommen!" überrascht war er schon von sich. Sonst konnte Klöni so flüssig reden und jetzt stammelte er vor sich hin?

Svea versuchte die Situation ein wenig zu retten und entgegnete: „Macht nichts, Niklas. Ylvi hat mir auch nichts von dir erzählt."

Alle vier mussten wir herzhaft lachen.

„Du bist also Klöni." Svea schaute gespannt und wartete auf seine Antwort.

„Hallo junger Mann, bis du hier unter uns?" sagte Svea mit säuselnder Stimme. Klöni wachte auf, aus seinen Momentgedanken.

„Ja,ja, ich bin Niklas. Meine alten Schulkameraden und die Gäste haben mir den Spitznamen Klöni gegeben!"

„Wie kommst du zu diesem putzigen Namen?" Svea schaute erwartungsvoll.

„Es ist sooo….." Klöni suchte mal wieder nach Worten. „Also, wollen wir mal so sagen", stammelte Klöni weiter. Er schüttelte sich, um einen klaren Kopf zu bekommen.

„Alsoooo, meine alten Klassenkameraden sind wie alle Kinder und Jugendlichen verliebt in ihr Handy oder in ihr Tablet. Für mich ist es aber nicht schön, den ganzen Tag, in jeder freien Minute, auf das Ding in meiner Hand zu schauen und irgendwelche Nachrichten an andere zu schreiben. Oder Spiele zu spielen. Wir haben kaum miteinander geredet. Und irgendwann habe ich angefangen, jedem der mir über den Weg lief, das zu fragen, was mir gerade einfiel. Die Klassenkameraden, die Lehrer, unsere Gäste im alten Restaurant, Papa und Mama."

„Die meisten haben mir auch geantwortet. Den Klassenkameraden ging ich wohl mit meiner Art auf den Wecker, sodass sie mich fortan, Klöni nannten. Eben, weil ich so viel redete."

Svea schaute wieder erstaunt: „Na, dann bist du ja eine Ausnahme in der heutigen Zeit. Es ist schön, dass du dich mit vielen anderen Dingen des Lebens beschäftigst. Jedenfalls ist es besser, als dauernd mit den modernen Medien zu spielen."

Papa unterbrach uns: „Sooo meine lieben, wir müssen uns jetzt ein wenig um die Arbeit kümmern!"

Ylvi war ja auch noch da. Sie hatte die ganze Zeit an der Seite gestanden und aufmerksam gelauscht.

Klöni nahm sie mit in den Wohnraum ihres neuen Hauses. Ein Zimmer war noch nicht für Klöni eingerichtet. Klöni schlief noch auf der Couch. Ein wenig unbequem, aber es war zu ertragen.

Papa wollte in den nächsten Tagen mit Klöni ein Bett und einen Schreibtisch kaufen. Aber das ist hier auf der Insel nicht so einfach. Da müssen sie schon einmal quer über die Insel und über die Hochbrücke, um in Stralsund ein günstiges Angebot zu finden. Aber es gab Wichtigeres, als ein neues Jugendzimmer.

Wichtiger war in diesem Moment Ylvi. Wir saßen im Wohnraum auf der Couch und schauten uns gerade an. „Und jetzt? Was machen wir jetzt?" fragte Ylvi.

„Komm, wir schauen uns mal draußen um", sagte ich.

5. Der Beginn einer wunderbaren Reise

Die Sonne senkte sich langsam im Westen über die Ostsee und es war noch kälter als heute Morgen auf dem Weg
zur Schule. Ylvi und Klöni liefen in den kleinen Garten
hinter dem Cafe.

„Erzähl mir von dir, Ylvi!"

Irgendwie fangen Geschichten im Leben mit etwas
Traurigem an, wenn man Menschen an Orten neu kennen-
lernt, die nicht am Ort geboren sind. Schicksal, nannte es
Mama früher immer.

„Ich bin mit meiner Mama und meinem vor vier Jahren
von Ystad auf der Insel Rügen angekommen. Mein Papa,
ein Deutscher, hatte hier schon ein Jahr vorher eine Arbeit
als Koch in einem großen Hotel in Binz bekommen und
war dort sehr glücklich. In Ystad hatte er bei den Schweden nie so richtig den Anschluss gefunden. Er hatte Mama
gebeten, zusammen mit mir nach Deutschland zu kommen und hier zu leben und zu arbeiten. Mama hat sich das
sehr lang überlegt und ist dann mit mir von Ystad nach
Trelleborg mit dem Bus gefahren. Von dort haben wir die
Fähre nach Sassnitz genommen. Als wir hier im Sommer

angekommen sind, war es brechend voll und Papa hatte kaum Zeit für uns."

Ylvi stöhnte ein wenig und schaute lange in die Luft.

„Was ist los? Willst du nicht weitererzählen, Ylvi?"

„Doch, ich werde dir die Geschichte weitererzählen. Können wir wieder nach innen gehen? Mir ist kalt und es ist schon dunkel."

„Gerne, Ylvi!" Ganz schön abgehoben klingt das manchmal, was Klöni so von sich gibt, denkt sich Ylvi.

Sie saßen nun wieder innen und hatten es und hatten es sich auf dem Boden vor dem Kaminofen gemütlich gemacht.

„Erzähl bitte weiter, Ylvi!" „Okay, mach ich gleich. Hast du was Warmes zu trinken?"

„Natürlich Ylvi, was hättest du denn gerne? Einen Tee mit Zitrone oder einen Kakao?"

„Heißer Kakao wäre schön, Klöni!" Uuupps, jetzt fiel es Klöni auf, dass er immer nach jedem Satz, den Namen von Ylvi an den Schluss eines Satzes gesetzt hatte. Irgendwie klang das schon abgehoben unter Freunden. Das liegt wohl daran, dass er früher mehr mit Erwachsenen gesprochen habe und die immer gerne ihren eigenen Namen zum Ende eines Satzes hören wollten, damit sie wussten, wer gemeint war. Sie konnte teilweise nicht mehr so gut hören, oder so.....

Klöni ging schnell zur Küche, in der Papa und Svea schwer beschäftigt waren. Es ging wohl um die neue Speisekarte. Zumindest war es ein Teil ihres doch recht amüsanten Rededuells.

Mit einer Tasse heißem Kakao kam Klöni zurück in den Wohnraum. Ylvi's Augen leuchteten wieder so herrlich, als sie die warme Tasse in den Händen hielt.

Dann wurde Ylvi`s Gesichtsausdruck wieder etwas nachdenklicher.

„Okay", sagte Ylvi, „ich werde dann mal weitererzählen".

„Ja, da waren wir nun angekommen in Binz. Papa hatte uns eine Ferienwohnung zur vorübergehenden Unterkunft etwas außerhalb in Serams angemietet. Das war echt einsam. Papa ging früh zur Arbeit und kam erst wieder spät nach Hause. Das ging viele Wochen so. Ich ging schon seit einiger Zeit in die Grundschule. Papa und Mama hatten in der Zeit oft eine kleine Meinungsverschiedenheit. Mama suchte dringend eine Arbeit und Papa hatte viel zu tun, sodass er kaum Zeit hatte. Irgendwann, Anfang November kam Mama zu mir in mein Zimmer und nahm mich in den Arm. Sie sagte mit starker Stimme, dass Papa in die Schweiz gehen wird, um dort als Koch in der Wintersaison zu arbeiten. Er habe ihr jetzt einen Job in einem anderen Hotel besorgt, sodass Mama auch Geld verdienen konnte."

„War das nicht überraschend?" fragte Klöni dazwischen.

„Irgendwie ja und irgendwie nein! Ich weiß nicht so recht. Ich habe Mama dann gefragt, ob wir nach Schweden zurück gehen würden. Sie sagte, dass ich ja nun hier zur Schule gehen würde und sie mit Papa besprochen hat, dass wir beide hier auf der Insel Rügen bleiben, damit ich die Freunde behalte und die Grundschule beenden kann."

Ylvi trank an ihrem Kakao, der mittlerweile schon kalt geworden war. Sie schaute nachdenklich.

„Und wie ist es dann weitergegangen mit euch? Wo ist dein Papa jetzt?"

Ylvi holte tief Luft. „Ich bin weiter zur Schule gegangen, Mama hatte ihren festen Job, und Papa schickte uns immer Geld, damit wir uns alles leisten konnten. An einem Samstag kam Mama in mein Zimmer und sagte mir kurz und knapp, dass Papa nicht mehr zu uns auf die Insel Insel Rügen kommt. Er bleibt in der Schweiz und hat sich dort neu verliebt. Mama hat das ganze nach außen mit Fassung getragen."

Wieder musste Ylvi eine kleine Pause machen. Sie holte tief Luft und setzte dann ihre Geschichte fort: „Es war am Anfang etwas komisch, aber Mama ist ein fröhlicher und lebenslustiger Mensch. Sie sagte immer zu mir, dass das Leben weitergeht und voller Überraschungen ist. Papa zahlt heute pünktlich den Unterhalt für mich. Wir kommen gut zurecht und Mama freut sich auf die neue Aufgabe bei deinem Papa im Cafe!"

„Lass uns jetzt über was anderes reden", sagte Ylvi

„Na klar", sagte ich.

„Was machst du in der Zeit nach der Schule am liebsten, Ylvi?"

„Ich träume immer von einer langen Reise mit vielen neuen Abenteuern! Da kann ich mir die tollsten Sachen ausdenken", sagte Ylvi.

„Oh super, das machen wir. Wo soll unsere Reise hingehen?"

In diesem Moment rief Ylvi`s Mama. „Ylvi! Kommst du runter? Wir müssen noch einkaufen und dann ist es auch schon Abend. Du hast morgen früh wieder Schule und Klöni muss bestimmt auch früh raus!"

„Ja Mama, ich komme runter", rief Ylvi zurück.

„Wir sehen uns dann morgen früh in der Schule. Anschließend können wir uns nochmal verabreden, damit wir da weitermachen, wo wir gerade aufhören mussten", sagte Ylvi.

„Ja logisch, das machen wir auf jeden Fall! Komm gut nach Hause und ich freu mich auf Morgen!"

6. Die Auseinandersetzung

Fantastisch war der Ausblick heute Morgen. Die Sonne schien, der Himmel war mit kleinen Schäfchenwolken geschmückt. Die Schule konnte beginnen

Die Klasse war heute wieder vollzählig. Die Jungs und Mädels aus der 5. Klasse hatten wieder alle Hände voll zu tun mit Handys. Der Blick aller richtete sich immer auf den Boden, während die Daumen beider Hände ständig in Bewegung waren, um neue Nachrichten zu verfassen.

Herr Bosse war gut gelaunt und die Schulstunden vergingen wie im Flug.

Ylvi hatte heute ein fröhliches Lächeln auf den Lippen und die ernsten Geschichten von gestern störten sie nicht mehr.

Wir verabredeten uns wieder bei uns im Cafe für heute Nachmittag.

Auf dem Weg von der Schule zum Bus, packte jemand Klöni an der rechten Schulter und riss ihn herum.

„Hey Kleiner, was bist du denn für einer?" Jetzt erkannte Klöni, dass es Ronny aus der 5. Klasse war, der ihn herumgerissen hatte.

„Ach Ronny, du bist es. Ich bin Niklas, und auch Schüler in deiner Klasse. Meine Freunde nennen mich aber Klöni!"

„Klööönnniiii? Was ist das für ein bekloppter Name?" raunzte mich Ronny an. Ronny war komisch drauf. So hatte Klöni ihn in der Klasse nicht wahrgenommen. Ronny wirkte sehr aggressiv. Klöni versuchte die Situation etwas zu beruhigen.

„Äääh Klöni, nannte man mich an meiner alten Schule und die Gäste meiner Eltern. Das liegt daran, dass ich mich gerne unterhalte und nicht mit Handy, Tablet oder Fernsehen den ganzen Tag zu tun habe!"

„Du willst mir also sagen, dass du den ganzen Tag nur laberst? Wer hat dir denn das Gehirn eingefärbt?"

Ronny wurde immer aggressiver.

„Komm doch morgen einmal zu mir nach Hause und dann können wir in Ruhe darüber reden," entgegnete Klöni. „Gleich kommt mein Bus und ich muss heute pünktlich zu Hause sein, hat Papa gesagt."

„Ach so, ein kleiner Nesthocker. Das wird immer besser. Du hast wohl noch Windeln an", lachte Ronny und drehte sich zu den anderen um, die mittlerweile an der Bushaltestelle angekommen waren.

„Lass ihn doch", rief Jaqueline ihm zu. „Der ist doch noch grün hinter den Ohren."

„Ach Quatsch", herrschte Ronny in Richtung Jaqueline. „Der Neue will sich doch nur wichtig tun mit seinem Gequatsche. Ich habe das Gefühl, wir müssen ihm mal zeigen, wie es hier auf der Insel so abgeht."

Ronny lies Klöni immer noch nicht los. Und bei jedem Satz schüttelte er Klöni, als wäre er ein prall gefüllter Obstbaum, von dem die Früchte fallen sollen.

Hoffentlich kommt der Bus bald, dachte Klöni. In diesem Moment kam Herr Bosse auf dem Fahrrad vorbei. „Was ist denn hier los?" rief er ganz laut zu uns rüber.

„Nichts!" rief ich laut zu ihm rüber. „Ronny will mir zeigen, wie man hier auf der Insel mit neuen Schülern umgeht!"

Ronny ließ in diesem Moment von Klöni ab und machte ein erstauntes Gesicht. Herr Bosse rief noch einmal herüber: „Wenn es alles geklärt ist, dann kann ich ja wohl weiterfahren, oder Ronny?"

„Alles klar Herr Bosse, ich wollte Klöni nur zeigen, wie andere Schüler mit ihm umgehen könnten, wenn er sich nicht in die Gruppe einfügt," wiegelte Ronny ab.

„Na das finde ich echt klasse, wie ihr euch um Klöni sorgt. Ich fahr dann mal weiter. Da kommt der Bus, Klöni!" Herr Bosse stieg wieder auf sein Fahrrad und fuhr langsam los.

„Bestell deinem Papa schöne Grüße und richte ihm aus, dass ich am Wochenende mal vorbeikomme. Er wollte sich noch mit mir über die neuen Hausboote im Hafen unterhalten." Dann winkte er Klöni hinterher.

„Ja, mache ich Herr Bosse," und war irgendwie erleichtert, dass gerade der Bus anrollte.

„Tschüüüsss Ronny, tschüsss Jaqueline, bis morgen" rief Klöni den Halbwüchsigen und erstaunten Schülern aus der 5. Klasse zu. Klöni stieg in den Bus und winkte ihnen freundlich vom Fenster aus zu.

Die Gesichter hättet ihr mal sehen sollen. Irgendwie erstaunt und blass zugleich. Richtig sprachlos wirkten Ronny und die anderen. Sie winkten Klöni sogar freundlich hinterher.

Wieder einmal hatte sich eine Situation in eine andere verkehrt. Ganz plötzlich. Und dass nur, weil einfach eine andere Situation entstanden ist. Klöni schaute nach oben an den Himmel und dachte am Mamas Worte: „Einfach abwarten, Klöni!"

Die Busfahrt dauerte heute ewig, weil der Busfahrer eine Umleitung fahren mussten. Dadurch kam Klöni noch mit dem Busfahrer ins Gespräch.

„Na junger Mann, du bist doch neu hier auf der Insel und wohnst in Lohme?"

„Ja, ich bin seit letzter Woche mit meinem Papa auf die Insel nach Lohme gezogen."

„Sicher eine ganz schöne Umstellung für dich. Ihr kommt doch aus Hamburg, nicht wahr?"

„Woher wissen Sie das denn?"

„Als du gestern Morgen zum ersten Mal in den Bus eingestiegen bist, habe ich dich gesehen. Du hast dich auf der Fahrt mit einer älteren Dame unterhalten, der du freundlicherweise deinen Sitzplatz angeboten hast. Dabei hast du der älteren Dame erzählt, dass du aus der Nähe von Hamburg hier auf die Insel umgezogen bist."

„Das ist ja nett, dass Sie sich das gemerkt haben!" antwortete Klöni.

„Achja, weißt du junger Mann," seufzte der Busfahrer, „hier auf der Insel kennt jeder jeden!"

„Wie heißt du eigentlich?"

„Ich heiße Niklas, aber alle nennen mich Klöni!"

„Klöni? Wie kommst du denn an den schönen Spitznamen?"

„Den haben mir meine alten Freunde und die alten Gäste meiner Eltern gegeben, weil ich so gerne rede!"

Der Bus musste an einer Baustellenampel anhalten. Mitten auf einer engen Straße mit Kopfsteinpflaster. Am Rand der Straße wurde ein Graben ausgehoben. Da die Straße sehr schmal war und die Baustellenabsperrungen auf der Straße standen, war nur noch Platz für eine Fahrspur.

„Man merkt, dass du gerne mit anderen Menschen sprichst. Das ist sehr ungewöhnlich in der heutigen Zeit. Die meisten deiner Mitschüler schauen einen nicht mal an. Sie steigen in den Bus und halten ihre Köpfe gesenkt. Immer das Handy in Blickrichtung. Oder Sie haben Kopfhörer auf und wirken abwesend!" sagte der Busfahrer

„Da haben sie vollkommen recht. Manch einer ist bestimmt auch schon beim Einsteigen in den Bus gestolpert," sagte Klöni lachend.

„Recht hast du, Klöni! Da sind schon die merkwürdigsten Dinge hier im Bus passiert. Erst letzte Woche ist ein Schüler mit gesenktem Kopf voll gegen die noch geschlossene Bustür gelaufen. Der hatte sofort Nasenbluten und wollte mich dann auch noch anranzen!"

„Das war der Junge, der vorhin mit dir und den anderen an der Bushaltestelle stand. Ich glaube der heißt Ronny.
Eigentlich ein armer Kerl. Ronny hat wohl seinen Vater im letzten Jahr nach einem Autounfall verloren. Jetzt ist er ein wenig auf die schiefe Bahn geraten!"

Klöni hörte dem Busfahrer interessiert zu.

Langsam fuhr der Bus weiter in Richtung Lohme. Rechts von uns lag das schöne kleine Schloss Ranzow. Hier hatte man die Möglichkeit Golf zu spielen. Dann fuhren wir weiter in die Ortsmitte.

„So Klöni, wir sind da. Du kannst jetzt gleich aussteigen. Ich wünsche dir noch einen schönen Tag."

„Danke Herr, äh, wie heißen sie eigentlich?"

„Ich heiße Matthes, mit zwei T und einem H," grinste er mich an.

„Bis morgen früh," rief Klöni winkend Matthes zu.

Matthes winkte Klöni kurz hinterher und fuhr dann weiter.

7. Der Nachmittag und seine Überraschungen

Klöni war schon direkt auf sein Zimmer gegangen, als er aus der Schule kam. Papa rief Klöni nach kurzer Zeit: „Klöniii, bist du oben?"

„Ja Papa, ich bin hier oben und mache gerade meine Hausaufgaben."

„Hast du keinen Hunger?" rief Papa mit voller Stimme nach oben.

„Ich komme in 10 Minuten runter. Was gibt es denn?"

„Königsberger Klopse mit Salzkartoffeln!"

Hmmmmhhh, dachte Klöni, lecker……

Klöni machte noch rasch seine Hausaufgaben und rannte dann hinunter in die Küche.

Papa und Svea waren gerade dabei die ersten Torten für unser Cafe zu backen.

„Setz dich Klöni, ich bring dir sofort etwas zu essen. Wir haben schon gegessen, da wir nicht genau wussten, wie spät du aus der Schule kommst. Als du um eins noch nicht da warst, haben wir gedacht, dass du vielleicht noch eine Stunde länger Unterricht hast."

„Nein Papa, der Bus kam heute später und er fuhr auch etwas länger, weil wir eine Umleitung hier auf der Insel haben. Und so viele Möglichkeiten einen anderen Weg zu fahren gibt es ja hier nicht."

„Warum ist denn auf der Straße eine Baustelle?" fragte Papa

„Am Straßenrand wird ein Graben ausgehoben. Das geht weiter durch den Wald bis nach Sassnitz.!"

„Und weißt du vielleicht auch, was die da machen?" fragte Papa interessiert.
„Matthes hat gesagt, dass die Bauarbeiter die Glasfaserleitung für das schnelle Internet verlegen!"

„Das wäre super für die Region. Dann können viele Firmen und Hotelbetriebe schneller arbeiten!" meinte Papa.

Papa kam mit zwei Töpfen an den Tisch. In einem Topf waren die Kartoffeln und in dem anderen Topf die Königsberger Klopse mit viel Kapernsauce. Er legte Klöni drei Kartoffeln, zwei Klöße mit Soße auf den Teller.

„Guten Appetit, Klöni!"

„Danke Papa, das sieht aber lecker aus. Hast du die Soße genauso gemacht wie immer?"

„Natürlich Klöni, warum sollte ich daran etwas ändern. Ich weiß doch was dir schmeckt," und grinste vor sich hin.

„Erzähl doch einfach mal, wie es heute in der Schule war. Hast du neue Freunde kennengelernt?"

„Lass mich eben essen, Papa. Sonst sagst du nachher wieder zu mir: Mit vollem Mund spricht man nicht!"

Papa zwinkerte Klöni ein Auge zu.

Das Essen war wieder Mal erste Sahne. Klöni hätte noch mehr verputzen können. Aber dann wäre ihm nachher schlecht geworden.

„Darf ich mir noch ein Eis aus der Kühltruhe nehmen," rief Klöni seinem Papa zu.

„Wenn du alles aufgegessen hast, dann darfst du dir natürlich ein Eis aus der Kühltruhe nehmen!"

Klöni nahm sich ein leckeres Eis am Stiel aus der Kühltruhe und setzte sich wieder an den Tisch.

„Hast du noch Zeit, Papa?"

„Ja natürlich", rief Papa in der Küche kniend. „Erzähl ruhig, was du heute so erlebt hast, ich höre dir zu!"

„In der Schule war alles in Ordnung. Herr Bosse macht einen guten Unterricht und wir lösen die gestellten Aufgaben fast alle gemeinsam. Darum haben wir auch immer wenig Hausaufgaben zu machen." Jetzt verdunkelte sich der Blick von Klöni etwas.

„Nach der Schule, auf dem Weg zur Bushaltestelle kamen die großen Jungs und Mädels, die bei uns vorübergehend in der Klasse sind, zu mir. Ja und besonders Ronny wurde echt komisch. Er wirkte aggressiv, als er mich herumgerissen hatte und wir anschließend miteinander redeten. Er wollte mir sicher zeigen, dass er der stärkere ist von uns beiden!"

„Ist was ist passiert?" fragte Papa.

„In dem Moment als es für mich brenzlig wurde, kam Herr Bosse an der Bushaltestelle mit dem Rad vorbei und hielt kurz an. Er erkundigte sich, ob alles in Ordnung ist. Da beruhigte sich Ronny. Just in diesem Moment kam auch mein Bus."

„Hast du Angst gehabt vor Ronny?" Papa schaute etwas traurig.

„Ein bisschen schon, aber Ronny muss vor den anderen Jungs und Mädels zeigen, dass er der Stärkere ist. Als ich Herrn Bosse gesagt habe, dass Ronny mir nur zeigen wollte, wie man hier auf der Insel mit Neuankömmlingen umgeht, da hat sich die Situation entspannt. Erwachsene würde jetzt wohl sagen: Deeskaliert!"

„Na dann ist ja noch einmal alles gut gegangen. Wenn es noch einmal so brenzlig für dich wird, sagst du mir aber wirklich Bescheid. Dann werde ich mal mit den Eltern von Ronny reden", sagte Papa mit fester Stimme.

„Ich glaube das brauchst du nicht. Außerdem scheint Ronny wohl ein bisschen neben der Spur zu laufen, weil er keinen Papa mehr hat!"

„Wieso?" Papa schaute jetzt wieder mal erstaunt und kam aus seiner knienden Position hoch, um sich an den Tisch zu setzen.

„Matthes, der nette Busfahrer, hat es mir auf dem Weg hierher erzählt, dass Ronny`s Vater bei einem Autounfall ums Leben gekommen ist. Mehr weiß ich nicht davon. Ich habe Ronny eingeladen in den nächsten Tagen zu mir zu kommen. Dann würde ich gerne mit ihm über seine persönliche Situation reden. Denn er ist gar kein schlechter Kerl!"

Papa schaute mich etwas fragend an und sagte: „Klöni, das ist aber nicht so einfach. Das würde ich mir ganz genau überlegen."

Papa stand vom Tisch auf und drehte sich noch einmal zu Klöni um.

„Ich habe da so eine Idee! Wie wäre es, wenn du am Freitag ein paar Kuchenstücke für alle deine neuen Klassenkameraden ausgibst?" Klöni zog staunend die Augenbrauen hoch.

„Ich bringe dich dann mit dem Kuchen zur Schule. Du kannst morgen Herrn Bosse fragen, ob das eine gute Idee ist."

„Klasse Papa, eine guuuteeee Idee. Das mache ich morgen früh sofort vor der ersten Stunde."

Papa ging wieder an die Arbeit und Klöni ging in sein Zimmer.

„Moment mal Klöni! Ich habe da noch eine kleine, na sagen wir Mal, Überraschung für dich!"

„Was denn?" rief Klöni erstaunt.

Papa kam noch mal zurück an den Tisch. „Wir holen eben Svea dazu," sagte Papa.

„Svea," rief Papa laut, „kommst du mal eben hier in die Küche!"

„Ja sofort," rief Svea zurück.

Da saßen wir nun alle gemeinsam am Tisch. Genauso wie früher, als Mama noch lebte. Schon ein wenig komisch die Situation. Svea war mir sehr vertraut. Ich schaute Papa an und fragte ihn: „Was denn für eine Überraschung?"

„Svea und ich, wir haben uns überlegt, wie wir uns hier im Dorf bei den Einheimischen bekannt machen. Dafür würden wir allerdings deine und Ylvi`s Hilfe benötigen. Wir möchten gerne einen Bringservice für unsere Backwaren anbieten und dazu wäre es nötig, dass ihr die Bestellungen hier im Dorf oder auch im Nachbardorf ausliefern würdet."

Klöni schaute Papa und Svea etwas fragend an. „Und was ist daran die Überraschung?"

Papa holte sein Tablet und zeigte Klöni eine Homepage von einem Fahrradhändler.

„Wir haben uns überlegt zwei Lastenfahrräder anzuschaffen. Die kennst du doch sicher. Vorne ein großer Kasten dran, auf dem wir gute Werbung für unser Cafe machen können. Oder auch für andere Hotelbesitzer, die uns gerne unterstützen wollen. Ihr könntet in den Kästen die Backwaren zur Auslieferung verstauen. Wie findest du die Idee?"

„Coole Idee, wann soll es denn losgehen? Habt ihr schon mit Ylvi darüber gesprochen?" rief Klöni

Svea schaltete sich ein: „Nein, mit Ylvi konnten wir noch nicht darüber sprechen, weil wir erst heute die Idee hatten, als ich mich mit Papa über die zukünftige Strategie des Cafes unterhalten haben."

In diesem Moment ging die Tür auf und Ylvi kam freudestrahlend herein.

„Hallo ihr drei, was macht ihr hier?" Ylvi sprang mit Elan auf den Stuhl, stemmte beide Fäuste ans Kinn und grinste wie ein Honigkuchenpferd.

„Wir haben gerade Klöni eine Überraschung unterbreitet, die auch für dich ist," sagte Svea.

„Für die Auslieferung unserer Backwaren an die Einheimischen, möchten wir zwei Lastenfahrräder mit Motor zu kaufen. Die Fahrräder wollen wir mit Werbung versehen und euch zur Verfügung stellen. Ihr dürft die Räder auch so nutzen und kleine Ausfahrten damit machen. Wie wäre das?"

„Klar Mama, das ist eine super Idee von euch, oder Klöni?"

„Ich finde die Überraschung ist euch gelungen. Wann können wir anfangen?"

„Langsam, langsam," beschwichtigte ihn Papa, „ich wollte doch erst einmal mit euch sprechen, ob ihr dazu Lust habt. Ihr seid so erfreut darüber, dass wir uns jetzt ganz schnell um die Lastenfahrräder kümmern werden."

Ylvi und Klöni wollten gerade wieder aufstehen und nach oben gehen, da stoppte Papa sie noch einmal kurz.

„Trotzdem solltet ihr euch einmal Gedanken machen, wann ihr Flyer im Dorf verteilen könnt, die uns bekannt machen, dass wir direkt unsere Backwaren nach Hause liefern wollen. Die Flyer sind nächste Woche fertig. Ihr könnt euch mal Gedanken machen, wann ihr die Flyer verteilen wollt."

„Kein Problem!" sagten beide fast gleichzeitig. „Das werden wir uns dann einrichten!"

Ylvi und Klöni gingen anschließend zu Klöni`s Zimmer.

Oben im Zimmer lagen noch Klöni`s Schulhefte auf dem Tisch. „Bist du noch nicht fertig mit den Hausaufgaben, Klöni?"

„Doch, doch, nur Papa hatte mich zum Essen gerufen. Da bin ich noch nicht dazu gekommen die Schulsachen wieder einzuräumen."

„Was wollen wir jetzt machen, Klöni?" Ylvi schaute mit erwartungsvollen Augen.

„Wir können mal hinunter zum Hafen und zum Strand laufen. Was meinst du?" sagte Klöni.

„Au ja, da habe ich jetzt richtig Bock drauf!" Ylvi sprang direkt wieder auf uns nahm sich ihre Jacke.

8. Strandgut für neue Ideen

Klöni ging mit Ylvi die Straße hinunter zum Hafen. Von dort kamen sie schnurstracks an den Strand vor der Steilküste. Der Strand besteht fast nur aus Steinen und war hier nur zum Begehen geöffnet. Baden durfte man hier nicht. Das lag an der Steilküste, die gerade hier sehr ausgeprägt ist. Ab und zu rutscht mal ein bisschen von den Kreidefelsen ab. Das kann dann auch mal gefährlich werden.

Ylvi und Klöni bummelten am Strand entlang. Sie nahmen kleine Steine in die Hand und warfen sie ins Wasser.

„Stopp," rief Ylvi, „du hast da einen ganz besonderen Stein in der Hand. In Schweden und auch hier sind diese

Steine Glücksbringer. Es sind Feuersteine, die durch die lange Zeit im Wasser kleine Löcher bekommen, durch die man hindurchschauen kann! Man nennt diese Steine Hühnergötter."

„Hühnergötter? Feuersteine? Das sind komische Namen. Kannst du mir erklären, wieso die Steine diese Namen haben?" Klöni war gespannt auf die Antwort.

„Feuersteine sind Steine, mit denen die Menschen früher und natürlich auch heute noch Funken erzeugt haben, indem sie die Steine aneinander reiben. Wenn die Feuersteine lange im Wasser liegen, dann waschen sich Mineralien aus. Dadurch entstehen kleine Löcher im Feuerstein. Bei den Feuersteinen die stark ausgespült werden, entstehen Löcher, die durch den Feuerstein gehen. Schon seit ewiger Zeit war das ein Zeichen für Glück und wurde so zum Aberglauben der Menschen, die solche Feuersteine gefunden haben." Ylvi holte tief Luft und nahm Klöni den Glücksbringer aus der Hand.

„Schenkst du mir den Feuerstein, Klöni?"

„Na klar, den darfst du gerne behalten. Er soll dir Glück bringen und deine Wünsche erfüllen," sagte Klöni.

Ein paar Meter weiter lag ein großer Ast. Die Rinde war vom Brandungswasser schon komplett abgelöst. „Das wäre doch eine coole Deko für unser Cafe. Mama hatte solche Äste früher immer noch geschmückt und sie dann an der Decke aufgehängt. Ich bin gespannt was Papa dazu sagt!" Klöni schaute glücklich und sprang über eine herannahende Welle.

„Ist das schön hier," meinte Klöni. „Der weite Blick auf die Ostsee und die vielen interessanten neuen Eindrücke. Einfach herrlich! Ich würde am liebsten in den Wellen tanzen. Aber das Wasser ist doch echt zu kalt!"

Ylvi war ganz verzückt und sprang auch über die herannahenden Wellen.

„Langsam wird es schon wieder dunkel. Komm, lass uns wieder zurückgehen," sagte Ylvi.

„Was meinst du Ylvi, sollen wir in den nächsten Tagen noch einmal hierher und wieder Feuersteine suchen?"

„Ja, das können wir gerne machen. Aber jetzt müssen wir erst einmal unsere neuen Aufgaben erledigen, die Svea und dein Papa uns gegeben haben. Wir sollen noch die Flyer verteilen!"

„Du Ylvi, ich wollte noch etwas mit dir besprechen!"

„Ja, was denn?"

„Heute nach der Schule, auf dem Weg zur Bushaltestelle kam Ronny ganz aggressiv auf mich zu und schüttelte mich, sodass ich ein wenig Angst bekam. Er wollte sich vor den anderen aus seinem Jahrgang, als der Stärkere zeigen. Als Herr Bosse dann gerade vorbeikam, hat er mich wieder losgelassen."

„Das ist ja schrecklich!" Ylvi war erschrocken und sah richtig wütend aus. „Den knöpfe ich mir morgen mal vor und werde ihm ein paar Takte sagen!"

„Nein Ylvi, dass möchte ich anders lösen. Papa hatte den Vorschlag am Freitag für die ganze Klasse Kuchen zu spendieren. Dann würde ich es so machen, dass ich Ronny dazu aufrufe mit mir gemeinsam den Kuchen zu verteilen. Das könnte dazu führen, dass er sich geehrt fühlt, wenn er mitmachen kann. Vielleicht bekomme ich so einen besseren Draht zu Ronny. Was meinst du? Ist das eine gute Lösung zur Entspannung?"

Ylvi schaute zuerst etwas skeptisch und blickte an den Himmel. Den Kopf hatte sie dabei in Daumen, Zeigefinger und Mittelfinger gestützt. „Das hört sich gut an und ist eine sehr diplomatische Lösung. Wie kommst du auf so etwas? Das finden ich bemerkenswert von dir, Klöni!"

„Hmmh, ich hatte schon heute Mittag darüber nachgedacht, als Papa den Vorschlag mit dem Kuchen gemacht hatte. So würde ich Ronny vielleicht auf meine Seite

44

bekommen. Und wenn alle im Klassenraum sind, kann er bestimmt nicht nein sagen, wenn ich ihn darum Bitte, den Kuchen mit mir zu verteilen. Oder würdest du lieber den Kuchen mit mir verteilen, Ylvi?"

„Sicher würde ich dir gerne helfen, Klöni. Besser ist deine Idee, so einen ganz anderen Weg zu Ronny zu finden. Mach das so. Das ist bestimmt eine tolle Erfahrung für Ronny!"

„Danke Ylvi, dass du dich nicht zurückgestellt fühlst. Das war mir sehr wichtig, mit dir darüber zu reden." Klöni nahm Ylvi in den Arm und drückte sie ganz fest.

Beschwingt rannten beiden dann wieder die Holztreppe vom Hafen hinauf zum Cafe. Papa und Svea waren immer noch dabei die ganzen Backwaren zusammenzustellen, die sie bald hier im Cafe verkaufen wollen.

„Ihr seid aber fleißig," rief Ylvi. „Wann soll denn das Cafe eröffnet werden.

„Am 15. März, also in zwei Wochen. Wir wollen bis dahin alles fertig haben. Das ist noch ein ganz schön langer Weg," sagte Svea.

„Schau mal Papa, was ich dir mitgebracht habe vom Strand!" Klöni hielt den Ast in die Höhe und drehte ihn in seinen Händen.

„Ist der Ast nicht schön? Das wäre doch etwas für die Dekoration im Cafe, so wie es Mama früher immer gemacht hat!"

Papa schaute etwas traurig. Svea schaltete sich ein: „Super Klöni, das ist eine gute Idee. Wir machen ein paar bunte Bänder an den Ast und ein paar kleine Glaskugeln. So etwas habe ich als Dekorationsmaterial noch zuhause."

In diesem Moment schaute Papa erleichtert und lächelte Svea mit einem Dankeschön auf den Lippen an.

„Wir haben noch etwas gefunden, Papa!"

Papa schaute etwas mürrisch.

„Wir haben am Strand einen Hühnergott gefunden!"

„Was ist das denn?" wollte Papa wissen.

Ylvi erklärte Papa alles noch einmal genauso wie sie es für Klöni getan hatte.

Klöni hatte plötzlich Heißhunger auf etwas Süßes. „Haben wir noch von den kleinen Muffin`s die du mir zu den Schulbroten gepackt hattest?"

Papa hatte es nicht gehört, da er noch Ylvi`s Worten lauschte.

Klöni ging an den Schrank, wo Papa die Muffin`s aufbewahrte.

„Stopp rief Papa, da kannst du jetzt nicht nachschauen. Ich habe im Schrank noch eine weitere Überraschung für dich. Aber die ist erst für morgen geplant!"

„OK", sagte Klöni.

Ylvi und Klöni gingen auf sein Zimmer. „Puuh, das war jetzt aber alles anstrengend", sagte Klöni und sank in die Couch. „Irgendwie bin ich jetzt fertig!"
Ylvi war noch putzmunter und meinte: „Wollen wir noch ein Spiel spielen?"

„Ooooch nö, jetzt nicht!" Klöni rekelte sich auf der Couch. „Ich will jetzt lieber faul sein und etwas Musik hören."

Ylvi ging zur Stereoanlage die Klöni noch in Hamburg gekauft hatte von seinem Geld, dass er sich mit kleinen Jobs verdient hatte.

„Was magst du gerne hören?" Ylvi stand vor den vielen CD`s und kramte in der Kiste.

„Am liebsten höre ich Hip-Hop. Ich habe da noch ein paar CD´s. Such du irgendetwas raus."

Ylvi und Klöni lagen auf der Couch. Ylvi auf der linken Seite, Klöni auf der rechten Seite. Sie schauten beide aus dem Dachfenster, während sie Musik von Adele anhörten und beobachteten den frühen Sternenhimmel.

9. Was für ein Tag, der Freitag

Früh am Morgen schreckte Klöni aus dem Schlaf hoch. Was für komische Träume. Klöni im Wettkampf mit Ronny. Was war das denn? War das schon ein Zeichen für den heutigen Freitag?

Klöni wusch sich schnell und schlüpfte in seine Schulkleidung.

Alles war bereits fertiggestellt. Der Kuchen stand fertig in zwei Kuchenboxen. Pappteller und Besteck lagen daneben. Es konnte losgehen.

„Papa, bist du fertig? Können wir losfahren?"

„Gleich Klöni, ich muss eben noch den Backofen programmieren, damit nachher die Brote gebacken werden können," rief Papa

Es war ein stürmischer Morgen an diesem Freitag. Vollgepackt war der Rücksitz unseres Autos mit Kuchen und Zubehör. Dann fuhren wir los.

Papa trug mit mir zusammen die Kuchenboxen in die Klasse.

Die anderen Schüler waren noch nicht da.

„Das ist also euer Klassenraum!" Papa schaute sich alles in Ruhe an.

„Guten Morgen!" Herr Bosse kam in den Klassenraum und legte seine Tasche auf sein Pult.

„Sie sind der Papa von Klöni?" Herr Bosse kam mit ausgestreckter Hand auf Papa zu und sie schüttelten sich die Hände zur Begrüßung.

„Schön, dass wir uns so schnell einmal persönlich kennenlernen. Das ist sehr nett, dass Sie heute den Kuchen spendieren zum Klasseneinstand von Klöni!" meinte Herr Bosse zu Papa

„Ja guten Morgen, Herr Bosse. Das ist sehr nett, dass Sie Klöni unterstützen. Wir haben uns gedacht, dass sie zum Ende der Schulstunden mit allen Schülern den Kuchen genießen könnten," antwortete Papa.

„Keine Sorge, dass findet bestimmt große Zustimmung bei den anderen Kindern in der Klasse. Ich habe mir auch noch eine Überraschung einfallen lassen. Wir werden bereits zur großen Pause, nach der zweiten Stunde, den Unterricht etwas umgestalten. Zuerst werden wir den mitgebrachten Kuchen genießen und daran anschließend eine kleine Wanderung in die Natur übernehmen. Der Sturm wird sich nachher legen und die Sonne tut bestimmt allen gut."

„Super, dass finde ich eine nette Geste," rief Klöni

Langsam trudelten die Klassenkameraden ein. Die ersten beiden Schulstunden vergingen wie im Flug.

„Hört bitte einmal zu, Kinder," rief Herr Bosse in die Klasse. „Wenn gleich das Klingelzeichen zur großen Pause ertönt, dann möchte ich euch bitten, dass ihr eure Schultaschen schon einmal zusammenpackt. Wir machen nach der Pause eine kleine Wanderung!"

„Ooaah nääh, wie ätzend," stöhnten unsere Gastschüler

„Langsam, langsam. Es wird noch eine kleine Überraschung direkt nach der Pause geben. Klöni, wen möchtest du zur Hilfe dabeihaben?"

„Ich hätte gerne, dass Ronny mir hilft!"

Ronny schaute erstaunt und befremdet zugleich. „Ich, ich soll dir helfen?"

„Ja Ronny, du bist der Stärkste hier und ich brauche deine Unterstützung!"

Schulterzuckend schaute Ronny sich zu seinen Freunden um. „OK, ich bleib dann mal hier!"
Die anderen Schüler verließen den Klassenraum. Ronny saß mit verschränkten Armen auf seinem Stuhl und wippte nach vorn und nach hinten.

Klöni kam auf Ronny zu: „Mein Papa hatte zusammen mit mir die Idee, dass wir alle zusammen unseren leckeren Kuchen probieren."

Ronny schaute immer noch griesgrämig drein. „Warum hast du gerade mich dafür ausgesucht? Ich hatte dich doch erst gestern in die Mangel genommen. Hast du denn keine Angst vor mir?"

„Siehst du Ronny, du hast mir gestern gezeigt, dass du der Stärkere von uns beiden sein willst. Mit der Muskelkraft von dir kann ich auch nicht mithalten. Meine Stärken liegen ganz woanders. Und da ich nicht so stark bin wie du, habe ich mir überlegt, dass du mir am besten helfen kannst. Wir müssen die Tische und Stühle so zusammenzustellen, so dass wir zusammen Kuchen essen können."

Ronny`s Blick war voller Verwunderung. „Du meinst also, dass ich dir am besten dabei helfen kann? Hmmmhhh, dann werden wir mal sehen, dass wir die Tische und Stühle schnell umstellen!"

Ronny ackerte wie wild. Ruckzuck waren Tische und Stühle in einem Rechteck aufgestellt.

„Und jetzt?"

Klöni zeigte mit dem Finger auf die Teller, Becher, Gabeln und Kuchenboxen. „Die Teller und das Besteck müssen wir jetzt schön an jedem Platz verteilen. Wenn nach der Pause alle reinkommen, dann verteilen wir den Kuchen auf die einzelnen Teller."

„Bin ich blöd?" raunzte Ronny. „Ich bin doch kein Kellner. Das kannst du allein machen."

„Ronny, nun sei doch nicht so. Wenn du mir hilfst, verspreche ich dir, dich zu mir nach Hause einzuladen und dir meine CD-Sammlung zu zeigen."

Ronny schaute wieder erstaunt. „Willst du mich als Freund haben, Klöni?"

„Das warten wir noch mal ab, Ronny. So einfach ist der Begriff, Freund nicht zu definieren. Da muss man schon viel für tun. Aber ich bin gerne bereit dir zu zeigen, was ich für Hobbys habe. Und wenn du etwas Interessantes entdeckst, können wir gerne einige Dinge gemeinsam machen."

Ronny nickte. „Ok, dann machen wir mal weiter. Die Pause ist bestimmt gleich zu Ende:"

Schnell erledigten sie beide alles und die Tische waren gedeckt.

Just in diesem Moment klingelte es. Die Pause war vorbei und die anderen Schüler kamen langsam in die Klasse.

„Was ist denn hier passiert? Wo sitze ich denn jetzt? Und wo ist meine Schultasche?"

Diese Fragen stellte fast jeder, der in die Klasse kam und den Umbau der Tische und Stühle sah.

„Setzt euch einfach hin. Es ist egal auf welchem Platz. Die Schultaschen haben wir alle zusammen hinten in der Ecke gesammelt. Da könnt ihr sie wegnehmen, wenn wir nachher von der Wanderung zurückkommen."

„Was sollen denn die Teller und das Besteck?"

„Setzt euch einfach hin," rief Ronny in die Klasse. „Klöni spendiert euch zum Einstand jedem ein Stück Kuchen und Kakao. Bleibt an euren Plätzen. Wir bedienen euch gleich!"

Die meisten schauten sich fragend an. Was war denn mit Ronny los. Sonst spielt er den ungehobelten Klotz und jetzt bringt er so freundliche Worte aus sich raus?

Besonders seine direkten Klassenkameraden schüttelten den Kopf. „Was ist denn mit dir los, Ronny? Hast du jetzt den Verstand verloren? Gestern hast du Klöni noch gerüttelt und geschüttelt und jetzt hilfst du ihm?"

„Seid ihr doch mal ganz ruhig. Das hat alles sein Gutes. Klöni hat mich um Hilfe gebeten, weil ich eben mal der

Stärkere von uns beiden bin. Und jetzt setzt euch endlich hin!"

In diesem Moment kam auch schon Herrn Bosse in die Klasse.

„Na, dann wollen wir mal den Kuchen genießen. Wie ich sehe, ist genug Kuchen da, so dass niemand zu kurz kommt."

Ronny und Klöni verteilten den Schokoladenkuchen an die anderen Schüler.

„Klöni, komm mal nach vorne," sagte Herr Bosse

„Erzähl den anderen, warum du sie zum Kuchenessen eingeladen hast."

Klöni wurde ein bisschen rot um die Wangen.

„Ja ääääähhh, das ist so…, mein Papa hatte die Idee, dass ich euch zum Kuchenessen einlade, als Einstand in die neue Schule. Ich fand die Idee super. Ihr werdet begeistert sein vom Schokoladenkuchen. Sahne ist auch noch da in den beiden Schüsseln. Die könnt ihr ja rumgehen lassen. Nehmt euch jeder einen Löffel Sahne. Lasst es euch schmecken."

Die Klassenkameraden klatschten und trampelten vor Freunde.

„Pssst, nicht so laut," rief Herr Bosse. „Die anderen Klassen haben noch Unterricht."

Alle verputzten den Schokoladenkuchen, als gäbe es morgen nichts mehr. Manch einer hat auch noch ein zweites Stück gegessen. Bis das letzte Kuchenstück verschlungen war.

„So Kinder, wir machen jetzt eine kleine Wanderung. Wir treffen uns alle am Schultor. Seid bitte leise, wenn ihr jetzt durch das Gebäude lauft!" rief Herr Bosse den Kindern zu.

„Ylvi, Jaqueline, Ronny und Klöni! Wir räumen eben wieder alles zusammen und packen es in die mitgebrachten Boxen."

Es ging schnell, zu fünft. Schon wenige Minuten später waren alle Schüler auf dem Schulhof am Schultor.

„Wo geht es hin, Herr Bosse?"

„Wir gehen jetzt die Merkelstrasse hinunter zum Hafen. Dort schauen wir uns die Schiffe an. Ich werde euch dazu danach noch eine Aufgabe stellen, für die ihr eine Woche Zeit habt, sie zu lösen."

Alle schauten ihn dabei gespannt an.

„Wir gehen bitte in Zweierreihen über die Gehwege und treffen uns dann unten am Hafen!"

Klöni und Ylvi gingen zusammen nebeneinander.

„Wie hast du das denn geschafft, Klöni? Ronny war ganz anders. So kennen wir ihn überhaupt nicht."

„Ooooch, das war nicht schwer. Ich habe ihm gesagt, dass er der Stärkere von uns beiden ist und ich seine Hilfe benötige. Da hat er ein wenig komisch geschaut. Aber so

52

nach und nach gefiel er sich in der Rolle, die ich ihm zu-
geteilt hatte!" Klöni lachte verschmitzt.

„Ja und dann habe ich ihn für nächste Woche zu mir
eingeladen. Da war er noch erstaunter."

Ylvi lächelte: „Das hast du super hinbekommen Klöni!"

Die Schüler marschierten alle in Richtung Hafen. Zu
unserer Überraschung lag hier das Kreuzfahrtschiff MS
Europa vor Anker. Es war einmal das Traumschiff vieler
Urlauber. Jetzt ist es aufgrund seiner Größe, eines von vielen Kreuzfahrtschiffen.

Herr Bosse erklärte uns einige Details zu dem Schiff.
Baujahr, Bruttoregistertonnen, Anzahl der Besatzung, etc.

In diesem Moment erklang ein heller Pfiff an Bord und
die gesamte Mannschaft der MS Europa war an Deck zu
sehen.

Herr Bosse erklärte uns, dass dies eine Notfallübung ist
und

jede Woche zum Test durchgeführt werden muss, sobald
das Schiff vor Anker liegt und bevor die neuen Gäste an
Bord kommen.

Es ist ungewöhnlich, dass die MS Europa den Hafen
von Sassnitz anläuft. Normalerweise wäre sie in Wismar
vor Anker gegangen. Dort ist der Hafen gesperrt, weil das
größte Teil eines neuen Kreuzfahrtschiffes zur Fertigstel-
lung in die Werft nach Wismar gebracht wurde. Da dieses
neue chinesische Kreuzfahrtschiff fast 10.000 Passagiere
aufnehmen soll, ist es so groß, dass es in drei Teilen in der
Werft in Rostock gebaut wird. In der Werft in Wismar sollen alle drei Teile zusammengefügt werden. Dort haben
sie die notwendige Kapazität und entsprechend große
Werfthallen.

Das klang alles echt spannend, so wie Herr Bosse es uns
erzählt hatte.

Der 1. Offizier der MS Europa kam an die Gangway und rief uns zu: „Hallo, habt ihr Lust auf einen kleinen Rundgang auf dem oberen Schiffdeck?"

Die Kinder schauten in die Richtung von Herrn Bosse.

„Gerne," rief her Bosse dem 1. Offizier zu.

„Geht noch ein paar Schritte zurück. Wir lassen jetzt wieder die Gangway ganz herunter," rief der 1. Offizier.

Es war ein schönes Erlebnis. Kam es doch für uns alle unerwartet.

Wir erreichten über die Gangway das Deck 3. Von dort wurden wir über die Innentreppe auf Deck 7 geführt. Es war der höchste Punkt der MS Europa. Wir standen alle gespannt nebeneinander. Der 1.Offizier erklärte uns, was alles so hier oben an Deck zu sehen war. Die Pools, die Liegeflächen, die Showbühne und das Spielefeld. Hier konnte man als Passagier Basketball und Volleyball spielen. Wir wurden an das Heck der MS Europa geführt. Von hier hatten wir eine besondere Sicht auf Sassnitz und in Richtung der Kreidefelsen.

Wir durften uns noch alle eine kleine Limonade an der Poolbar trinken. Dann ging es wieder nach unten auf Deck 3. Von dort aus verließen wir das Schiff wieder über die Gangway.

Beeindruckt von den spannenden Momenten gingen die Schüler zusammen zur Schule zurück.

Als die Schüler an der Schule angekommen waren rief Herr Bosse:

„Ihr könnt jetzt eure Schultaschen in der Klasse holen und dann nach Hause gehen," sagte Herr Bosse.

„Halt, Stop, bevor ich es vergesse," rief Herr Bosse „Ich wollte euch ja noch eure Aufgabe geben, die ihr bitte bis nächsten Freitag fertig haben solltet."

Alle schauten etwas fragend.

„Schreibt mir bitte bis zum nächsten Freitag einen Aufsatz über das Thema: „Mein Urlaub auf einem Kreuzfahrtschiff."

„Und jetzt wünsche ich allen ein schönes Wochenende und kommt gut nach Hause!" Herr Bosse winkte uns zum Abschied zu.

Die Schüler holten Ihre Taschen und verschwanden dann alle in Richtung Busbahnhof.

Ylvi hielt mich noch kurz am Arm fest.

„Du Klöni, hättest du Lust mit mir den Samstag zu verbringen. Mutti ist sowieso bei deinem Vater und ich könnte dann mitkommen:"

„Klar kannst du morgen mitkommen. Ich weiß nur nicht genau, ob ich Papa noch etwas helfen muss."

„Das ist kein Problem, Klöni. Uns wird bestimmt was einfallen."

„Was machst du denn heute noch, Ylvi?"

„Ich muss zuhause noch für Mama etwas erledigen und auf die Waschmaschine und den Trockner aufpassen."

„OK, dann viel Spass. Wir sehen uns dann morgen. Tschüüssss!"

Was war das für ein toller Tag bis jetzt. Da kam auch schon Papa mit dem Auto, um Klöni abzuholen.

Es waren eine ganze Menge Sachen zu transportieren. Und der Weg nach Lohme ist auch nicht gerade kurz.

Es geht immer schön rauf und runter. Da kommt man sich ein bisschen wie auf einer Achterbahn vor. Wenn man hochfährt, sieht man nur die Kuppe und nicht was dahinter ist. Und viele Teilstücke der Straße sind noch im Ur-Zustand mit Kopfsteinpflaster. Mitte im Wald liegt der Eingang zum Naturschutzpark Jasmund. Von dort kommt man direkt zum Königsstuhl am Kreidefelsen.

„Na Klöni, wie war es?" Hat allen der Kuchen geschmeckt?"

„Super Papa, der Kuchen hätte nicht besser sein können. Er ist komplett aufgefuttert worden. Mehr Lob kannst
du nicht bekommen!"

Zufrieden fuhren Papa und Klöni weiter nach Hause.

10. Zwei nette Menschen und ein Picknick

Die Ostsee war am Samstag und Sonntag mal wieder
richtig aufgewühlt. Der Wind kam von Nordosten und
blies gegen die Steilküste. Es fühlte sich 10 Grad kälter an,
als es tatsächlich war.

Als der Wind zwischendurch nachließ, konnten die ersten Sonnenstrahlen im März ihre Kraft entfalten. Es war
nie so richtig Winter geworden auf der Insel. Und auch
rund um die Ostsee war es nicht so kalt geworden.

Die ersten Krokusse sah man an windgeschützten Stellen auf den Wiesen. Die Krokusse leuchteten in den

Farben Lila, Gelb und Weiss. Die Bauern hatten bereits das erste Vieh auf die Weide gebracht.

Mama hatte früher schon die ersten Primeln in kleinen Blumentöpfen im Haus, damit so bunte Frühlingsstimmung aufgekommen ist. Mama hatte am 3.März Geburtstag und wurde immer reich mit Primeln von unseren Gästen beschenkt.

Papa kam zu mir und wir sprachen über den Flyer zum Lieferservice. Er hatte mit Svea einen Entwurf zusammengestellt und wollte diesen heute auf einer Onlineplattform hochladen und dann rasch bestellen, sodass wir loslegen konnten.

„Der Flyer sieht wirklich gut aus. Das ist euch sehr gelungen," lächelte Klöni.

„Danke für das Kompliment," hörten Papa und ich plötzlich die Stimme von Svea. Sie war mit Ylvi zusammen zum Cafe gekommen.

„Wie viele Flyer willst du denn bestellen, Papa?" fragte Klöni

„Ich dachte so an 1.000 Stück", antwortete Papa.

„Oh, dass hört sich ja viel an. Wieviel Menschen leben

denn hier in Lohme?" fragte Klöni

„Na, so um die 500 in Lohme und den anderen sechs Ortsteilen.!" sagte Papa

„Sechs Ortsteile?" Klöni staunte nicht schlecht.

„Ja Klöni, zu Lohme gehören die Ortsteile Bisdamitz, Blandow, Hagen, Nardevitz, Nipmerow und Ranzow," sagte Papa.

„Wir dürfen die ganzen Ferienwohnungen nicht vergessen, die fast das ganze Jahr bewohnt sind von Touristen. Außerhalb der Urlaubszeit werden die Ferienwohnungen von den Besitzern genutzt. Wenn man alle zusammenzählt, dann kommen wir bestimmt auf weit über 1000 Einwohner," sagte Svea.

„Das ist richtig," fügte Papa hinzu.

„Wir werden mit den Besitzern der Hotels, Pensionen und Gasthöfe sprechen. Denn die müssen sich die frischen Brötchen aus Sassnitz bringen lassen. Aber bevor wir dieses Thema weiterverfolgen, werden wir erst einmal erfahren müssen, wer denn hier die Hotels beliefert. Alle könnten wir nicht beliefern. Da wollen wir dann mit unseren Spezialitäten aus unserer Backstube glänzen. Klein, aber fein, ist unser Motto! So steht es auch auf unserem Flyer."

„Das ist gut so, Papa." sagte Klöni

„Ok, dann werde ich mich daran machen die Flyer zu bestellen. Svea, hilfst du mir dabei. Du kannst besser mit dem Computer umgehen als ich," meinte Papa zu Svea.

Svea lächelte und ging schon mal ins Büro.

„Und was machen wir jetzt, Ylvi?" Klöni fühlte sich gerade ein wenig übergangen von seinem Vater. Andererseits war es auch gut so. Jetzt hatte Klöni Zeit für Ylvi.

„Wir gehen mal durch Lohme und schauen uns mal um. Oder hast du eine andere Idee, Klöni?"

„Nee, eigentlich nicht. Das können wir machen. Ich zieh mir nur schnell meine Trekkingschuhe an. Damit kann ich hier besser über die Steine laufen!"

Ylvi und Klöni machten sich auf den Weg das Dorf zu erkunden. Sie durchstreiften die kleinen Gassen und schauten in die kaum verhängten Fenster der Häuser. Viele Fenster waren geschmückt mit Töpferwaren und Holzfiguren. Meistens waren es Leuchttürme, Matrosen und kleine Schiffe.

Dann entdeckten Klöni und Ylvi den Dorfladen. Er lag direkt hinter dem großen Parkplatz. Wir schauten durch das Fenster des Dorfladens hinein. Da winkte uns ein freundlicher Mann zu und rief: „Kommt doch ruhig rein, draußen ist es zu kalt!"

Ylvi und Klöni schauten sich an und nickten.

„Seid ihr neu hier?" fragte uns der nette Mann.

58

„Ja, wir sind ganz neu hier im Ort. Mein Papa hat das Cafe gepachtet und wird es ab diesem Jahr bewirtschaften," sagte Klöni mit lächelndem Gesicht.

„Ach, das ist ja toll, dass ich euch direkt kennenlerne. Ich heiße Hinnerk und Ihr?"

„Mein Name ist Klöni und das ist Ylvi!"

„Klöni? Das ist ein witziger Name!"

„Ja, es ist mein Spitzname. Mein richtiger Name ist Niklas."

Hinnerk lächelte und kramte etwas aus einer Schublade hervor.

„Hier, für euch zur Begrüßung!" Er reichte Klöni und Ylvi zwei Lollys über den Tresen.

„Wie gefällt es euch hier in Lohme, in diesem kleinen verschlafenen Ort?"

Klöni schaute zu Ylvi. Ein wenig schüchtern wirkte Ylvi in diesem Moment.

„Wir haben außer unserem Cafe und ein paar kleinen Hotels noch nichts vom Ort gesehen," sagte Ylvi halblaut.

„Wenn ihr wollt, dann kann ich euch ein paar Hinweise geben, wo ihr interessante findet!" entgegnete Hinnerk.
„Ja, das wäre super !" Ylvi wirkte schon deutlich lockerer als vorhin.

„Was ist denn hier hinter dem Dorfladen," fragte Ylvi

„Kommt mal mit raus." Hinnerk ging vor.

„Da vorne ist unser Wohnmobilstellplatz für 35 Fahrzeuge. Er hat einen unmittelbaren Zugang zur Steilküste. Über eine Treppe kann man vorsichtig nach unten zum kleinen Strand gehen!" Hinnerk erhob während seiner Erklärung den Zeigefinger seiner rechten Hand.

Klöni und Ylvi hörten gerne zu und lutschten an Ihren Lollys.

Hinnerk räusperte sich und fuhr fort: „Weiter links vorne im Ort gibt es seit einiger Zeit einen neuen Multifunktionssportplatz. Dort könnt ihr Fußball, Basketball,

Volleyball und Tischtennis spielen. Ihr könnt euch das nachher mal anschauen. Das ist der ganze Stolz unserer Gemeindemitglieder, die den Sportplatz mit Unterstützung der EU errichtet haben!"

„Danke Hinnerk, für die Informationen. Das hilft uns sehr. Dürfen wir nächste Woche wieder zu dir kommen?" fragte Klöni.

„Natürlich dürft ihr wiederkommen! Sag deinem Papa schöne Grüße von mir. Ich komme ihn mal besuchen, sobald ihr euer Cafe geöffnet habt."

„Ja, werden wir nachher machen!" riefen Klni und Ylvi

Klöni und Ylvi liefen in die Ortsmitte und blieben vor der Informationstafel stehen.

„Schau mal Ylvi, hier steht alles nochmal was Hinnerk uns gesagt hat. Da vorne rechts ist der Sportplatz."

„Der sieht ja cool aus," rief Ylvi

„Hier können wir mal mit den anderen Kindern aus der Klasse im Sommer ein kleines Spielefest veranstalten. Das wäre doch eine Super Idee!" sagte Ylvi.

„Klar, das machen wir. Aber jetzt lass uns nochmal schnell zur Fischräucherei laufen. Svea wünscht sich doch so sehr ein Stück geräucherten Aal," rief Ylvi.

Klöni und Ylvi sausten los. Die Fischräucherei war noch geöffnet. Es war im ersten Moment kein Mensch zu sehen.

Ylvi rief in die Fischräucherei hinein: „Hallo, ist hier jemand?"

Eine dunkle Tür knarzte und ein kleiner Mann kam durch die Tür.

„Ja, hier ist jemand. Was möchtet ihr denn von mir?" rief der kleine ältere Mann.

Ylvi musste lachen, denn der kleine Mann sah echt lustig aus in seinem Fischerhemd. Er hatte eine Seemannsmütze auf dem Kopf und eine brennende Pfeife in seinem Mundwinkel.

60

„Wir wollten gerne ein Stück Räucheraal für meine Mama bei Ihnen kaufen," sagte Ylvi.

„Ihr wollte also ein Stück Räucheraal. Wo kommt ihr denn her? Ich habe euch noch nie hier bei mir gesehen!" Der kleine Mann schlurfte langsam zu seinem Räucherofen.

„Ich bin hier bei meinem Freund Klöni zu Besuch und meine Mama arbeitet für Klönis Papa im Cafe unten an der Steilküste," antwortete Ylvi

„Ach ihr seid das! Sehr schön, dass ich euch kennenlerne. Ich heiße Hagen und lebe schon immer hier in Lohme. Zu mir kommen die Leute aus den ganzen anderen Orten der Insel und kaufen bei mir den leckeren Räucherfisch. Mein Geheimnis ist ein bestimmtes Buchenholz, welches ich in kleine Späne schneide und damit den Fisch im Ofen räuchern werde! Wie groß soll das Stück Aal denn sein?" fragte Hagen.

„So groß wie meine Hand," sagte Ylvi

„Reicht das denn für euch alle? Ich gebe euch einen ganzen Räucheraal. Den könnt ihr dann zusammen verspeisen.
Den Aal gebe ich euch umsonst. Ich komme dafür auf ein Bierchen und einen kleinen Schnaps im Frühling auf eure Terrasse am Cafe. Abgemacht?" Hagen reichte den beiden die Hand.

„So machen wir das," schaltete sich Klöni in das Gespräch zwischen Ylvi und Hagen ein.

Hagen wickelte den Aal in Pergamentpapier und noch eine alte Zeitung drum herum.

„Danke nochmal," Ylvi und Klöni winkten Hagen freundlich zum Abschied.

Klöni und Ylvi machten sich auf dem Weg zum Cafe, wo Svea und Papa noch kräftig in der Küche schufteten.

„Schau mal Mama, wir haben dir einen geräucherten Aal mitgebracht!"

„Einen ganzen geräucherten Aal, Ylvi! Das ist viel zu viel für mich!"

„Wir wollten dir zur Überraschung ein kleines Stück Aal mitbringen. Aber Hagen, der freundliche kleine Fischer, hat uns einen ganzen Aal eingepackt. Er will uns damit ein Willkommensgeschenk machen!" Ylvi war ganz unruhig. Was würde Svea jetzt antworten?

„Ist ja super, dann können wir den Aal nachher zusammen mit dem frischen Brot essen. Das ist genug für uns alle!" Svea ging zum Küchenschrank und holte eine Fischplatte heraus.

„Hier könnt ihr den Aal schon einmal drauflegen. In 20 Minuten rufe ich euch zum Essen!"

Ylvi und Klöni gingen nach oben auf das Zimmer von Klöni.

„War das nicht eine dolle Überraschung für deine Mama?" Klöni lachte und legte eine neue Musik CD ein.

„Klar war das eine Überraschung. Ich hatte nur zuerst gedacht, dass Mama sich nicht freut."

„Keine Sorge, die war halt nur überrascht von dem großen Räucheraal! Lass uns noch ein bisschen Musik hören. Was möchtest du gerne hören?"

„Einfach etwas Schönes zum Träumen!" Ylvi schaute müde an die Decke.

Kurze Zeit später rief auch schon Svea. Ylvi und Klöni rannten wieder nach unten. Zusammen verspeisten sie den Räucheraal mit einer leckeren Soße und Brot.

Nachdem sie den Räucheraal zusammen verputzt hatten, fuhren Svea und Ylvi mit dem Auto nach Hause.

Der Sonntag gehörte Klöni und seinem Papa.

„Was sollen wir heute zusammen unternehmen, Klöni?" fragte Papa

„Hmmmh, wir könnten an die Steilküste gehen und den großen Kreidefelsen bestaunen," sagte Klöni.

„Das ist eine gute Idee. Ich pack schnell etwas zu essen und zu trinken in den Rucksack und dann können wir gleich los!"

Es wurde ein herrlicher Tag. Papa und Klöni konnten so richtig entspannen! Papa ging mit vorsichtigen Schritten über den Steinstrand unterhalb der Kreidefelsen.

„Fühlst du dich wohl hier, Klöni?"

„Ja sehr, es ist eine imposante Landschaft. Etwas abseits zwar. Und bis zu den nächsten Geschäften ganz schön weit weg. Aber jetzt, wo wir Ylvi und Svea an unserer Seite haben, wirkt alles etwas entspannter. Wir lernen jetzt bestimmt noch mehr Leute kennen, sobald das Cafe eröffnet ist. Ylvi und ich haben bei unserem Rundgang durchs Dorf, schon ein paar nette Menschen kennengelernt!"

„Da bin ich ja beruhigt. Ich hatte schon Bedenken, dass es zu einsam für dich sein könnte."

„Nein ganz und gar nicht. Jetzt kommt der Frühling mit großen Schritten und wir werden alles wachsen und blühen sehen!" strahlte Klöni.

Klöni schaute hinaus auf die Ostsee. „Du Papa, meinst du das wir eines Tages einmal mit Ylvi und Svea nach Schweden fahren können?"
Papa schaute ebenfalls mit starrem Blick in Richtung Norden, auf die Ostsee hinaus.

„Bestimmt werden wir nach der Saison einmal die Gelegenheit haben nach Schweden zu fahren. Es soll ein buntes Land, mit vielen fröhlichen Menschen sein. Das merken wir an Svea und Ylvi. Es ist ein Geschenk, dass wir beide kennengelernt haben!"

Er drehte sich ab und rief Klöni zu: „Komm lass uns ein bisschen zurücklaufen, dann können wir auf dem großen Stein dort vorne noch unser Picknick machen!"

Beide genossen das mitgeführte Picknick in vollen Zügen. Es dämmerte schon langsam über der Ostsee.

Plötzlich rief Klöni ganz laut: „Da Papa, schau mal dort in der Ferne! Die Sonne geht über der Ostsee unter."

Die Sonnenstrahlen spiegelte sich im Wasser. Und in Sichtweite von Ihnen lag das Kap Arkona mit seinem Leuchtturm im Licht der untergehenden Sonne.

„Welch ein schönes Bild, Klöni!" Papa war ganz hin und weg von diesen Lichtern.

11. Neues von der Bergen-Gang

Putzmunter saß Klöni am Montagmorgen an der Bushaltestelle in Lohme. Nach wenigen Minuten rollte der Bus schon heran. Matthes öffnete Klöni die Türe.

„Moin Matthes!" „Moin Klöni!"

„Herrlicher Morgen heute Morgen, Matthes! Wie war dein Wochenende? Du siehst ein wenig müde aus," Klöni lächelte ihn an.

„Du bis aber gut drauf!" sagte Matthes.

„Bei mir war am Wochenende richtig was los. Wir haben in der Nähe von Dargast eine Weide für unsere kleine Alpaka Herde. Mit den Alpakas wollen wir im Sommer Wanderungen für und mit Touristen unternehmen. Wir mussten mit einigen Freunden einen neuen Zaun um die Weide stellen. Das war viel Arbeit!" Matthes gähnte schon wieder.

Klöni ergriff die Situation sich einzuschalten ins Gespräch. „Das kann ich mir vorstellen. Die Weide muss für die Alpakas groß sein. Wie viele Alpakas habt ihr denn?"

Matthes gähnte immer noch, während er auch auf den Straßenverkehr achten musste. „Zwölf sind es!"

„Uihh, das ist eine große Herde. Die Alpakas machen bestimmt viel Arbeit!" Klöni schaute staunend.

„Das kann ich dir wohl sagen. Jeden Tag 2 x füttern und frisches Wasser geben. Dann die Weide zwei Mal in der Woche vom Kot der Tiere befreien. Das ist schon eine ganze Menge Arbeit. Aber es sind niedliche Tiere. Ja und während der Schulferien fahre ich ganz wenig Bus. Da spring ich höchstens mal ein, wenn ein Kollege ausfällt. Ansonsten kümmere ich mich um die Tiere und die Touristen."

„Was machst du denn mit deinen Gästen und den Alpakas?" fragte Klöni.

„Wir machen kleine Wanderungen über die nahen Feld- und Waldwege. Die Gäste führen die Alpakas an der Leine neben sich her. Sie müssen sehr aufmerksam sein. Alpakas sind lustige, aber auch sehr listige Tiere. Sie sind wie kleine Kinder, denen immer etwas Neues einfällt. Da muss der Gast aufmerksam sein, dass sich das Alpaka nicht losreißt und davonrennt."

Matthes rollte langsam auf den Busparkplatz oberhalb der Schule.

„So junger Mann, dann wünsche ich dir viel Spaß in der Schule. Freust du dich schon deine Klassenkameraden nach dem Wochenende wiederzusehen?"

„Ja, es gibt bestimmt viel Neues zu erzählen! Tschüüss bis heute Mittag!" Klöni sprang mit einem Satz über die drei Stufen aus dem Bus und rannte so schnell, dass sein Schultornister, auf dem seinem Rücken hin und her geschaukelt wurde.

„Moin Klöni," rief Ronny Klöni zu. „Du hast es aber eilig!"

„Ja, die Schule beginnt in drei Minuten!" Klöni schwitzte schon ein wenig.

„Mach langsam, Klöni! Der Bus von den anderen ist noch nicht angekommen aus Richtung Bergen. Das passiert schon mal, wenn morgens viel Verkehr ist zum Fährhafen und die LKW die Straßen vollstopfen. Wollen wir den Rest zusammengehen?"

„Klar Ronny, gerne. Komm an meine Seite!" Klöni lächelte.

Ronny hakte sich bei Klöni unter und beide gingen im Gleichschritt in die Schule.

„Was ist denn bei dir am Wochenende so passiert?"

Ronny schaute nicht so fröhlich drein. „Bei mir? Bei mir

ist nicht viel passiert. Ich musste zuhause meiner Mutter helfen und dann habe ich viel an der Spielekonsole vor dem Fernseher gesessen und gezockt."

„Das ist aber wirklich nicht sehr abwechslungsreich. Willst du mal zu mir nach Hause kommen? Bei uns haben wir am Wochenende einige interessante Dinge erlebt!"

„Ja, das kann ich gerne machen. Bloß wie komme ich am Samstag zu dir. Da Fährt nur am Morgen ein Bus in deine Richtung. Ich weiß nicht, ob meine Mutter das gut findet."

„Mach dir keine Gedanken Ronny, dass klären wir schon bis nächsten Samstag. Ich werde mal mit meinem Papa sprechen." Sie erreichten beide, Arm in Arm gehend die Schule.

Der Klassenraum füllte sich langsam. Es fehlten noch die Schüler aus Richtung Bergen. Jetzt läutete es schon zur ersten Schulstunde. Herr Bosse kam strammen Schrittes über den Flur in den Klassenraum.

„So Kinder, wir beginnen heute mal den Unterricht ohne einige eurer Klassenkameraden. Der Bus aus Rügen hat Verspätung. Die Polizei hat bereits hier in der Schule angerufen. Es ist ein kleiner Unfall passiert. Wir werden nachher von euren Schulkameraden hören, was los war."

Es wurde unruhig im Klassenraum. Was war da wohl los? Alle schauten sich an. Sie zuckten teilweise mit den Schultern oder schauten fragend.

Herr Bosse erteilte allen die Aufgabe, sich jetzt schon einmal mit dem Aufsatz zum Kreuzfahrtabenteuer zu befassen.

Kurz vor der großen Pause trafen die anderen Klassenkameraden in der Schule ein.

„Setzt euch erst mal hin und kommt langsam zur Ruhe," sprach Herr Bosse mit klarer und fester Stimme, als Chantal und die anderen laut redend in die Klasse kamen.

In diesem Moment öffnete sich die Tür zum Klassenraum. Unser Schulleiter Herr Bogenspanner kam mit einem wütenden Gesicht in den Klassenraum.

Ohne großartig Luft zu holen, legte er gleich los: „Was habt Ihr euch denn dabei gedacht? Habt ihr nur Unsinn im Kopf? Chantal, ich habe mit der Polizei gesprochen. Jetzt erklär du uns bitte einmal aus deiner Sicht, was im Bus passiert ist!"

Chantal erhob sich langsam von Ihrem Stuhl. Sie hatte heute eine andere Haarfarbe. Ein bisschen bunt sehen die Haare aus. Die Haare sehen so nach Möhre und lila Zwiebel aus. Bestimmt hat irgendetwas mit der Tönung nicht funktioniert.

Verstohlen blickte Chantal nach unten und sagte mit leiser Stimme: „Also, es war soooo…. Wir sind in den Bus gestiegen und haben uns hinten auf die letzte Bank gesetzt. Vor uns saß eine ältere Dame. Wir haben gelacht und geredet. Sicher waren wir dabei nicht leise. Die ältere Dame drehte sich immer wieder zu uns um und schimpfte lauthals mit uns, dass wir leiser sein sollten. Wir haben weiter herumgeblödelt. Aus Versehen ist bei einem kleinen Handgemenge zwischen uns Schülern, Kevin mit dem Klettverschluss seiner Jacke in den Haaren der alten Dame hängengeblieben. Die Frau hat erschrocken reagiert.

Chantal konnte sich jetzt das Grinsen nicht verkneifen und stammelte weiter: „Dann blieb doch tatsächlich die Perücke der alten Dame an der Jacke von Kevin hängen!"

„Ja und was passierte dann?" Herr Bogenspanner war schon ungeduldig.

Chantal kniff ihre Lippen zusammen: „Die ältere Dame stand auf und war außer sich, wegen der Perücke. In dem Moment, wo sie im Gang stand, musste der Bus stark bremsen und die alte Dame fiel vor uns auf den Boden!"

„Ja und dann, warum wurde jetzt die Polizei geholt?"
„Der Busfahrer hatte bestimmt im Spiegel nur gesehen, dass die alte Dame hingefallen war. Er hatte den Bus rechts am Straßenrand abgestellt und kam dann nach hinten gelaufen. Die alte Dame blutete an der Nase und am Knie. Der Busfahrer hat der alten Dame auf den Sitz geholfen. Im nächsten Moment schrie er uns dann an, was denn passiert sei. Gleichzeitig zog er sein Handy aus der Tasche und rief den Notruf an. Wir haben ihm dann

versucht die Situation noch einmal zu schildern. Aber es ging alles drunter und drüber!"

Chantal musste erst mal wieder Luft holen. Kevin wollte sich gerade einmischen, als Herr Bogenspanner ihn aufforderte still zu sein.

„Als dann die Polizei und der Rettungswagen kam, wurde es noch hektischer. Die Sanitäter stiegen in den Bus mit Ihren großen Taschen. Die Polizisten unterhielten sich mit dem Busfahrer, der auf uns Schüler zeigte. Die ältere Dame hatte ihre Perücke schon wieder aufgesetzt. Allerdings ein bisschen schief!" Sagte Chantal lachend.

Die anderen Schüler lachten ebenfalls drauf los.

„Pssst…." Herr Bogenspanner ging dazwischen. „Ruhe jetzt und benehmt euch!"

„Weiter Chantal, wie ging es weiter?"

„Die Sanitäter haben die alte Dame auf Ihrem Sitzplatz ein wenig versorgt und haben sie dann mit dem Krankenstuhl aus dem Bus getragen und in den Rettungswagen gebracht. Dann sind sie losgebraust mit Blaulicht und Martinshorn."

„Und was hat die Polizei dann gemacht?" Herr Bogenspanner wurde immer unruhiger.

„Ein Polizist hat sich weiter mit dem Busfahrer unterhalten und der andere Polizist hat uns nach unseren Namen und der Adresse gefragt. Wir haben ihm alle Informationen gegeben, die er haben wollte. Danach hat er uns zu dem
Hergang des Geschehens befragt. Kevin hat dann dem Polizisten noch einmal die ganze Geschichte, so wie sie abgelaufen ist, erzählt. Der Polizist hat sich alles aufgeschrieben und noch nach der Schule gefragt, auf die wir jetzt gehen. Dann ist er zu seinem Streifenwagen gegangen und hat irgendetwas in sein Sprechfunkgerät gesagt. Fünf Minuten später hat er zum Busfahrer gesagt, dass er weiterfahren könne. Uns hat er noch zugerufen, dass unsere

Eltern und die Schule über den Vorgang informiert werden. Danach fuhren die Polizisten in ihrem Streifenwagen weiter. Und der Bus brachte uns zur Schule. Das war alles!" Cahntal setzte sich wieder hin.

„Hmmmh, da bin ich mal gespannt was die Polizei mir nachher mitteilt. Wenn ich es richtig verstanden habe, dann seid ihr im Bus laut gewesen. Die alte Dame hatte sich aufgeregt über euch und dann ist der Unfall mit Kevin`s Jacke und der Perücke der alten Dame passiert?"

Kevin hob die rechte Hand und schnipste laut: „Herr Bogenspanner, darf ich noch was dazu sagen?"

„Ja, Kevin bitte sehr"

„Also, das war genauso, wie es Chantal geschildert hat. Ich wollte der alten Dame nichts tun. Es war Pech, dass sie mit ihrer Perücke bei mir an der Jacke festgeklettet worden ist!" Kevin musste bei diesem Satz am Ende lachen, weil es so komisch klang.

„Als ich dann die Perücke an meinem Ärmel mit dem Klettband hängen hatte, ist die alte Dame verschreckt aufgestanden. Ja und da kam eben anschließend eins zum anderen. Die ältere Dame fiel hin, weil der Bus stark bremste!" sagte Kevin.

Herr Bogenspanner hatte sich mittlerweile am Lehrerpult hingesetzt.

„Ihr seid also der Meinung, dass das Ganze ein Unfall war?"

„Ja, das war ein Unfall!" Kevin und Chantal sprachen dies beide fast gleichzeitig aus.

„Na gut, dann will ich mal abwarten, was mir die Polizei dazu sagen oder schreiben wird, wenn ich die ganze Angelegenheit aus meiner Sicht geschildert habe!"

Herr Bogenspanner verließ den Klassenraum und Herr Bosse versuchte den Unterricht fortzusetzen.

Just in diesem Moment kam das Klingelzeichen zur großen Pause.

Ylvi nahm Klöni an die Hand: „Hast du gleich mal Zeit? Nur 5 Minuten?"

„Ja sicher, komm lass uns nach hinten zu den Tischtennisplatten gehen," antwortete Klöni.

Sie gingen beide in Richtung der Tischtennisplatten.

„Du Klöniii," säuselte Ylvi. „Kann ich nach der Schule mit zu Dir kommen. Meine Mutter hat mir heute Morgen gesagt, dass sie den ganzen Tag im kleinen Cafe ist. Ich wäre sonst den ganzen Mittag allein zuhause."

„Gar keine Frage, natürlich kannst du nachher mit zu mir kommen. Dann können wir bestimmt noch das ein- oder andere zusammen erledigen. Schließlich liegen noch viele Aufgaben vor uns."

Von der Seite näherte sich die anderen Klassenkameraden aus der normalen Stufe.

Es waren Lea, Lara und Laura. Die Jungs, Mats, Moritz, Theo und Lukas trotteten langsam hinterher.

„Hallo ihr zwei," sagte Laura, die größte der drei Mädchen. „Was macht ihr denn hier geheimnisvolles?"

Die anderen Mädchen kicherten und hielten sich die Hand vor den Mund, während die Jungs kaugummikauend und völlig gelangweilt dabeistanden.

„Wir haben gerade abgesprochen, was wir heute Nachmittag machen," sagte Klöni zu Laura.

„Und was macht ihr schönes zusammen?" Laura schaute

etwas überlegen drein.

„Wir wollen mit meinem Papa und Ylvi`s Mama einige Dinge besprechen und beide dann noch unterstützen, damit unser Cafe in der nächsten Woche öffnen kann. Später wollen wir noch zu Hinnerk in den Dorfladen!" Klöni klang richtig überlegen.

„Ah, da seid ihr beide wohl schon ein Herz und eine Seele," meinte Laura schnippisch.

„Habt ihr Lust in unsere WhatsApp Gruppe aufgenommen zu werden? Da könnten wir uns auch mal spontan verabreden," setzte Laura nach.

„Nöö, da habe ich momentan keine Lust zu. Ich benutze mein Smartphone nur für Notfälle. Es sieht für mich doof aus, wenn immer ins Smartphone geglotzt wird. Da geht für mich viel zu viel Zeit verloren," sagte Klöni mit einem bestimmenden Gesichtsausdruck.

„Und was ist mit Dir Ylvi? Bleibst du wenigstens unserer WhatsApp Gruppe treu?"

Das Gesicht von Laura sprach Bände. So richtig zickig und mit nach unten gezogenen Mundwinkeln.

„Ich bleibe auf jeden Fall in eurer WhatsApp Gruppe. Nur Klöni ist da eben ein bisschen anders als die anderen!" Ylvi drückte Klöni an sich.

Die anderen staunten noch erstaunter. Mats trat aus der Reihe der Jungs nach vorne.

„Hey Klöni, hast du Lust einmal mit uns Fußball zu spielen?"

Klöni`s Gesicht erhellte sich. „Auf jeden Fall. Bei uns im Dorf haben wir einen tollen Fußballplatz mit Kunstrasen und kleinen Toren. Da können wir auf jeden Fall einmal zusammen Fußball spielen."

„Das klingt richtig cool. Lukas, Moritz und Theo, was meint ihr?" rief Mats den anderen Jungs zu.

„Ey klar, das machen wir. Sag uns Bescheid, wenn du Zeit hast, Klöni!"
Die Pausenklingel ertönte schrill. Alle gingen gemeinsam in ihre Klasse zurück.

Herr Bosse verteilte ein paar Zettel, auf denen Matheaufgaben stehen.

„So Kinder, vor euch habt ihr ein Blatt mit 12 Mathematikaufgaben liegen. Jeder von euch sollte seinen Namen rechts oben auf das Blatt schreiben!"

„Wird das jetzt ein Test?" rief Ronny in den Klassenraum.

„Ja, das ist ein Test. Ein besonderer Test. Wenn ihr jetzt in der nächsten Schulstunde 10 von 12 Aufgaben richtig löst, dann braucht ihr diese Woche keine Hausaufgaben mehr machen!"

Herr Bosse nahm ein Blatt in die Hand und trug vor: „In den ersten 30 Minuten arbeitet jeder für sich die Aufgaben ab. In den letzten 10 Minuten, dürfen jeweils drei Schüler zusammen die Aufgaben lösen. Am Ende sollten von allen Schülern mindestens 10 von 12 Aufgaben gelöst worden sein. Strengt euch an! Los geht`s….." Herr Bosse schaute auf seine Armbanduhr.

Es wurde wirklich 30 Minuten still in der Klasse, sodass man eine Stecknadel fallen hören konnte. In den letzten 10 Minuten steckten die Schüler, wie besprochen, die Köpfe zusammen und versuchten die Aufgaben zusammen zu lösen.

Herr Bosse sammelte am Ende der Mathematikstunde alle Zettel wieder ein.

„Ich werde die Aufgabenzettel jetzt korrigieren. Ihr habt in dieser Zeit die Aufgabe, schon einmal mit dem Aufsatz über das Kreuzfahrtabenteuer zu schreiben. Aber bitte leise sein und jeder für sich!"

Am Ende der letzten Stunde räusperte sich Herr Bosse kurz und sagte in Richtung der Schüler gewandt.
„Kinder, ich muss euch loben. Ihr habt das Ziel zusammen erreicht. Bei allen sind mindestens 10 von 12 Aufgaben richtig gelöst. Damit habt ihr es euch verdient, den Rest der

Woche keine Hausaufgaben mehr machen zu müssen!"
„Yeah, Yippih, super!!" klang es aus fast allen Kehlen.

„Ihr könnt jetzt gehen. Der Unterricht für heute ist beendet. Seid bitte leise, wenn ihr über den Flur geht. In den anderen Klassen wird bestimmt noch unterrichtet. Bis Morgen in aller Frische!"

Ylvi und Klöni rannten gemeinsam zum Bus. Matthes öffnete die Bustür.

„Hallo Ihr zwei, ihr seid aber früh dran. Hattet ihr etwas früher Unterrichts Schluss?"

„Ja, wir haben einen Test geschrieben und waren alle gut. Da durften wir früher los!"

„Ok, dann können wir ja schon los. In eure Richtung fährt heute niemand mehr mit. Erst wieder um 13.30 Uhr!"

Matthes fuhr zügig über die kurvigen und hügeligen Straßen.

„Was macht ihr beiden heute in Lohme?"

„Wir werden mit unseren Eltern zu Mittag essen und wollen anschließend einige Dinge besprechen. Hausaufgaben haben wir keine aufbekommen. Vielleicht können wir heute Nachmittag zum Kreidefelsen und Schiffe beobachten."

„Das ist schön! dDas habe ich früher auch oft gemacht und von Reisen in die Südsee geträumt!"

Der Bus hielt am Dorfplatz an. „Tschüss Matthes, bis morgen früh!"

„Tschüss, ihr zwei!"

12. Planung und ein Glück im Unglück

„Hallo Ihr zwei," sagte Papa, als er Klöni und Ylvi sah.

74

„Wollt ihr etwas essen? Wir haben gerade einen schönen Eintopf mit Bohnen, Kartoffeln und frischen Krakauern gemacht!"

„Oh ja, das ist super! Magst du das auch, Ylvi?"

„Ich habe das noch nie gegessen. Ich bin gespannt darauf, wie es schmecken wird!"

Ylvi setzte sich, ohne lange zu zögern an den Tisch und nahm schon mal Messer und Gabel aufrecht in die Hände.

Sie saßen zu viert am Tisch und verspeisten den herrlich schmeckenden Eintopf. Auf keinem Teller blieb auch nur der kleinste Rest. Klöni hatte sogar seinen Teller richtig leer geleckt.

Nachdem der Tisch abgeräumt war, breitete Svea die Unterlagen zu den Fahrrädern und Flyern auf dem Tisch aus.

„Wir haben heute nochmal die Lastenräder angeschaut. Mit einem kleinen e-Motor sind die Fahrräder sehr gut geeignet für die hügelige Landschaft. Wir haben sie für kommende Woche bestellt!" sagte Svea. Papa schaute in die Runde und fand bei allen, freudige Zustimmung.

„Damit man euch immer erkennt, haben wir noch Baseball-Kappen mit eurem Namen bestellt. Findet ihr das gut?"

„Ja, super. Eine hervorragende Idee," sagte Ylvi

„Und du Klöni?"

„Ich? Ach, ich habe nicht richtig zugehört gerade. Ihr meint die Baseball-Kappen? Hmmh ja, ganz schön." Klöni schaute etwas verwirrt und sagte: „Ich habe gerade daran gedacht, wie wir das alles schaffen sollen? Da wurde mir ein bisschen mulmig. Aber es braucht eben alles Mut und Ausdauer!"

Klönis Gesicht hellte sich wieder auf. „Alles ok, ich finde die Idee mit den Lastenrädern und der Baseball-Kappe super!"

„OK, dann können wir ja weitermachen," fügte Papa hinzu.

„Schaut euch mal in Ruhe die Flyer für das neue Cafe an. Auf der Vorderseite bewerben wir das Cafe und auf der Rückseite unseren Bring-in Service!" sagte Papa.

Papa hielt den Flyer hoch und drehte ihn in beide Richtungen.

Die Überschrift lautete: **Klönen bei Kaffee und Kuchen am Meer**

Auf der Rückseite war aufgeführt, was alles geliefert werden kann. Preise hatte Svea absichtlich nicht auf dem Flyer aufdrucken lassen, sondern nur den Satz: „Aktuelle Tagespreise entnehmen Sie bitte der ausliegenden Preisliste oder auf der Preisliste unserer Homepage"

„Das sieht richtig gut aus, mit dem Bild vom kleinen Cafe als Hintergrund. Das wird die Kunden bestimmt direkt zum Cafe führen," sagte Ylvi.

„Jetzt wäre es eure nächste Aufgabe, die Flyer überall in den Orten rund um Lohme zu verteilen. Könnt ihr damit heute Nachmittag anfangen?"

„Na klar, Papa. Wir sind schon unterwegs!" Klöni nahm einen Stapel Flyer und schnappte sich die Hand von Ylvi.

„Komm, wir düsen los. Vielleicht schaffen wir heute schon eine ganze Menge Flyer zu verteilen."

Es war ein schöner Nachmittag. Klöni und Ylvi verteilten fleißig die Flyer, indem sie diese in die Briefkästen der einzelnen Häuser und Wohnungen steckten. Am Dorfladen begegneten sie Hinnerk.

„Du Hinnerk? Möchtest du auch einen Flyer von uns?"

Hinnerk schaute sich den Flyer kurz an und sagte lächelnd: „Auf jeden Fall. Ihr könnt mir ruhig ein paar mehr Flyer hierlassen. Ich lege sie hier im Dorfladen aus. Die ganzen Camper können sich dann auch informieren. Ich bin gespannt, wie das ankommt."

„Schöne Basketballkappen habt ihr da auf dem Kopf. Die Farbe ist echt schön. Da hat sich aber jemand richtig Gedanken gemacht!" sagte Hinnerk.

„Ja, Svea und Papa hatten die Idee. Und wir bekommen noch zwei Lastenräder, damit wir unseren Kuchen und Brote an die Kunden ausliefern können."

In diesem Moment betrat eine ältere Dame den Dorfladen.

„Hallo, guten Morgen zusammen. Ihr seht je niedlich aus. Seid ihr die neuen Bewohner vom Cafe?

„Ja, das ist Ylvi, meine Freundin und ich bin Klöni!"

„Das ist ja schön euch kennenzulernen. Ich bin Joanna, die Bürgermeisterin hier im Ort. Schön euch kennenzulernen!"

Die Bürgermeisterin reichte Ylvi und Klöni die Hand und lächelte sehr freundlich.

„Ihr habt schöne Flyer, habe ich gerade gesehen. Darf ich einen haben?"

„Natürlich, wir wollen die anderen Bewohner und Geschäfte im Dorf verteilen. Möchten Sie ein paar Flyer für ihr Rathaus?" fragte Ylvi

„Ein Rathaus haben wir hier leider nicht. Dafür ist die Gemeinde zu klein. Aber wir haben den Touristikverein und in dessen Räumen könnt ihr bestimmt Flyer für die Bewohner und Gäste auslegen. Geht nachher rüber zum Dorfplatz, da findet ihr das Büro!" sagte die Bürgermeisterin.

„Das ist wirklich nett von Ihnen, dass sie uns unterstützen!" erwiderten Ylvi und Klöni freundlich.

„Aber Kinder, das ist doch selbstverständlich. Wir sind ein so kleiner Ort mit wenigen Einwohnern, aber doppelt so viel Touristen in der Saison. Da muss jeder jedem helfen und unter die Arme greifen, wenn er es kann."

Klöni und Ylvi waren hoch erfreut, die Bekanntschaft mit der Bürgermeisterin gemacht zu haben. Es ist eben einfacher an einem neuen Ort anzukommen, wenn man so willkommen geheißen wird.

„Tschüss, Frau Bürgermeister! Tschüss Hinnerk! Wir machen dann mal schnell weiter!"

Hinnerk und die Bürgermeisterin winkten Klöni und Ylvi hinterher.

Klöni und Ylvi erreichten den Dorfplatz. Sie suchten gerade das Büro der Touristen-Information, als ein Auto mit hoher Geschwindigkeit die Hauptstraße entlang brauste.

In diesem Moment erfasste Klöni Ylvi`s Arm und riss sie zurück auf den Bürgersteig. Auf der gegenüberliegenden Straßenseite ging in diesem Moment eine ältere Frau, bepackt mit je einer Einkaufstasche in der Hand, vom Bürgersteig auf die Fahrbahn der Hauptstraße und wollte diese überqueren.

Klöni rief ganz laut: „Halt, aufpassen, bleiben sie stehen!" Klöni rannte in Richtung der älteren Frau. Die war vor Schreck über das vorbeibrausende Auto gestolpert, als sie die Straße überqueren wollte. Ihr waren beiden Einkaufstaschen aus den Händen gefallen. Rücklinks lag sie halb auf dem Bürgersteig und halb auf der Straße.

Klöni war schon bei ihr angekommen und griff der älteren Frau unter die Arme, um sie aufzurichten. Ylvi war ebenfalls schnell hinzugekommen und sammelte die Einkäufe, die aus den Einkaufstaschen gefallen waren, wieder auf. Obst und Gemüse kullerten noch die Rinne am Bordsteinrand entlang.

„Geht's ihnen gut?" Klöni stöhnte, als er der älteren Frau beim Aufstehen half. „Ja, es ist alles in Ordnung," stammelte die Frau vor sich her.

„Danke, Danke, ganz lieben Dank, dass ihr mich gewarnt habt! Ich habe mich so erschrocken, wie das Auto angebraust kam, dass ich das Gleichgewicht verloren habe!"

78

Ylvi klopfte die Jacke der älteren Frau auf dem Rücken ab und Klöni führte die ältere Frau an der Hand.

Ylvi nahm die beiden Einkaufstaschen in beide Hände.

„Kommen sie, wir bringen sie und Ihre Einkäufe zu ihrer Wohnung. Wo wohnen sie denn? Klöni war sehr aufmerksam und führte die ältere Frau vorsichtig an ihrem Arm.

„Ach, das ist aber nett von euch. Mein kleines Haus ist direkt hinter dem Dorfplatz auf der rechten Seite. Wie heißt ihr beiden? Ich habe euch noch nie hier im Dorf gesehen!"

„Ich bin Klöni und das ist Ylvi. Mein Papa hat das Cafe direkt am Hafen gepachtet. Ylvi ist meine Freundin und ihre Mutter ist bei uns beschäftigt. Sie hilft Papa im Cafe!"

Die ältere Frau holte tief Luft: „Da vorne ist es gleich. Das kleine Haus mit der braunen Haustüre!"

Als sie am Haus ankamen reichte die ältere Frau Klöni den Haustürschlüssel.

„Schließ du bitte die Haustür auf. Ich fühle mich noch zittrig. Hier Klöni, der große ist es."

Klöni schloss die Haustür auf, während sich die alte Frau am Türrahmen festhielt. Dicht dahinter stand Ylvi mit den Einkaufstüten.

Sie gingen durch den kleinen Flur, direkt links in die Küche. Klöni half der älteren Frau sich langsam hinzusetzten. Ylvi stellte die Einkaufstaschen vor den Kühlschrank.

Sie räumten beide die Einkäufe in die Schränke und den Kühlschrank. Das Obst legten sie in die Schale auf dem Küchentisch.

„Können wir sie jetzt allein lassen, oder brauchen sie

noch unsere Hilfe?"

„Das ist alles sehr lieb von euch. Wie kann ich das nur gut machen, dass ihr beiden Schutzengel mir begegnet seid?"

Klöni schaute Ylvi an und sagte: „Das ist alles in Ordnung so. Wir helfen gerne, wenn jemand in Not geraten ist!"

„Wisst ihr was! Ihr kommt am Sonntag um 15.00 Uhr zu mir. Dann wir essen zusammen ein schönes Stück Sanddorn-Marzipantorte und trinken eine Schokolade.!" sagte die ältere Frau.

„Ja, wir kommen gerne wieder zu Ihnen. Und wenn sie noch was brauchen, rufen Sie mich bitte auf meinem Handy an. Ich habe ihnen die Nummer auf den kleinen Zettel hier geschrieben!" sagte Klöni.

Ylvi nickte zustimmend und gleichzeitig fragend: „Wir haben ganz vergessen zu fragen, wie sie heißen?"

„Ich heiße Sigrid Bosse!"

„Bosse? So heißt unser Klassenlehrer!" rief Klöni

„Ja, Herr Bosse von der Grundschule ist mein Neffe aus Sassnitz. Welch ein Zufall!" sagte Frau Bosse.

„Das ist ja ein Ding. Da werden wir am Montag mal direkt Herrn Bosse berichten, dass wir seine Tant kennengelernt haben." sagte Klöni fröhlich

Zufrieden, wieder etwas Gutes getan zu haben, zogen Klöni und Ylvi weiter. Für heute hatten sie genug erlebt und gingen zurück zum Cafe.

Die nächsten Tage vergingen wie im Flug. Viele Kleinigkeiten mussten erledigt werden und vieles wurde, zur Eröffnung des Cafe`s am kommenden Wochenende, auf den Weg gebracht.

Der Winter schien sich immer mehr zu verabschieden und die Temperaturen stiegen und machten Platz für den herannahenden Frühling. An den Buchen waren schon die ersten kleinen Knospen zu sehen. Die Kiefern begannen auch langsam grüne Nadeln zu bekommen. Eine schöne Natur hier oben auf der Insel.

13. Das Traumschiff

Ein spannender Freitag stand bevor. Klöni war der erste in der Klasse. Ronny kam auf ihn zu.

„Du Klöni! Ich kann an diesem Wochenende doch nicht zu dir kommen. Meine Mutter ist krank geworden und ich muss zuhause helfen. Sagst du bitte deinem Papa Bescheid, dass er mich am Samstagmorgen nicht mitnehmen muss, wenn er beim Großmarkt war, so wie wir es ausgemacht hatten!"

„Ist in Ordnung Ronny, ich sag es ihm nach der Schule!" antwortete Klöni.

Der Klassenraum füllte sich langsam. Herr Bosse kam in die Klasse und legte seine Aktentasche auf das Lehrerpult. Er setze sich mit der rechten Gesäßhälfte links auf die Ecke des Lehrerpults und klatschte dreimal in die Hände.

„Guten Morgen zusammen, seid ihr schön ausgeruht?"

Ein einstimmiges „Ja", war zu hören.

„Gut, dann wollen wir uns einmal den Aufsätzen von euch widmen. Ich hatte euch die Aufgabe gestellt, einen Aufsatz über euer erdachtes Kreuzfahrterlebnis zu schreiben."

Fast alle Schüler rutschen nervös auf ihren Stühlen hin und her.

„Ich habe mir folgendes ausgedacht. Da wir nicht genug Zeit haben werden uns alle Aufsätze anzuhören, habe ich hier im Becher kleine gefaltete Zettel, auf denen eure

Namen stehen. Aus dem Becher werden wir einen Namen ziehen. Der- oder Diejenige, deren Name auf dem Zettel steht, darf dann den eigenen Aufsatz vorlesen!"

Lara meldete sich: „Wieso haben wir nicht genug Zeit alle Aufsätze vorzulesen?"

„Das soll für euch noch eine Überraschung sein!" Herr Bosse griff gleichzeitig zum Becher und schüttelte ihn.

„Wer von euch möchte den Namen ziehen?"

Keiner der Schüler traute sich so richtig und die Hände blieben unten.

„Ok, dann werde ich mal die Verantwortung übernehmen!" sagte Herr Bosse

Herr Bosse rührte im Becher herum und zog einen Zettel heraus. Er faltete ihn langsam auf und schaute in die Klasse. Fast jedem Schüler schaute er in die Augen.

„Eeees ist......... Mats!"

Mats bekam einen hochroten Kopf und alle Klassenkameraden schauten ihn an.

„Komm nach vorne Mats! Setz dich hier an mein Pult. Ich setze mich gleich auf deinen Platz!"

Mats kam nach vorne und setze sich an das Lehrerpult. Aufgeregt blätterte er in seinem Heft.

„Bleib ganz ruhig Mats und lass dir Zeit. Wir hören dir alle gespannt zu!"

Mats rutschte mal links und mal nach rechts auf dem Stuhl hin und her.

Es konnte losgehen.

„Mein Kreuzfahrtabenteuer!" Mats schaute in die Klasse hinein und blickte in erwartungsvolle Gesichter.

„Es sollte ein Abenteuer der Extraklasse werden. Eine Kreuzfahrt mit Opa und Oma über die Ostsee mit vier Stationen.

Wir kamen aufgeregt am Terminal der Kreuzfahrtgesellschaft in Warnemünde an. Die Schlange mit den Eincheckenden Passagieren war nicht sehr lang. Schnell waren wir auf dem Schiff und konnten sofort zu unserer Kabine. Unser Gepäck stand schon vor der Tür. Als die

Tür aufging erblickten wir sofort den Balkon, der nur für unsere Kabine war.

Nachdem wir alle Sachen verstaut hatten, gingen wir zum Oberdeck. Mit dem Aufzug fuhren wir in die 14. Etage. Auf dem Außendeck ergatterten wir einen Platz an der Bugseite des Schiffes. Von hier hatten wir einen schönen Blick auf die Hafenausfahrt von Warnemünde und die Ostsee.

Mit drei langen lauten Tönen aus dem Schiffshorn fuhren wir aus dem Hafen. Alle Passagiere um uns herum staunten zufrieden und glücklich. Wir hatten heute richtiges Kaiserwetter erwischt. Blauer Himmel und Sonnenschein bei 23 Grad.

Nach einem Tag auf See, erreichten wir am 2. Tag der Kreuzfahrt den Hafen von Talinn. Eine wunderschöne Altstadt, die einem das Gefühl gab, im Märchenland zu sein. Opa und Oma erzählten von alten Zeiten. Sie waren als Kinder zuletzt in Tallinn. Die vielen Verkaufsstände im historischen Ortskern luden zum Bummeln ein. Lustig waren die vielen Türmchen auf der Stadtmauer, mit den roten Dächern, die aussahen wie Spitzhüte. Opa kauft für Oma eine neue Bluse. Ich bekam ein T-Shirt mit der Aufschrift von Tallinn geschenkt. Dann ging es auch schon wieder aufs Schiff.

Wir fuhren weiter über die Ostsee bis nach St. Petersburg. Eine aufregende Stadt mit vielen Sehenswürdigkeiten. Für Opa und Oma war es eine schöne Schiffsreise, mit vielen Erinnerungen.

Ich selbst fand diese Stadtführungen und Museumsbesuche eher langweilig. Lieber wäre ich auf dem Schiff geblieben und hätte mit den anderen gespielt.

Der Tag war lang in St. Petersburg. Wir hatten die große Orangerie besucht und haben am späten Nachmittag noch eine Bootsfahrt auf der Newa gemacht. Wir kamen müde zum Schiff zurück. Abends gab es ein spezielles russisches Buffet auf dem Schiff. Opa und Oma waren zu müde, um die ganzen Speisen zu genießen. Am besten war immer die Eisauswahl am Buffet. Da konnte ich richtig schlemmen, bis mir fast schlecht war. Damit Opa und Oma es nicht mitbekamen, dass ich mir immer 3 Eiskugeln geholt habe, schöpfte ich noch Obststücke obendrauf. Jedes Mal, wenn ich an den Tisch zurückkam, schwärmte Oma, wie gesund ich doch leben würde.

Kaum hatten wir ausgeschlafen, mussten wir auch schon wieder auf den Balkon, um die Einfahrt in den Hafen von Helsinki zu bestaunen. Heute blieben wir mal an Bord, da Opa sich gerne eine Auszeit gönnen wollte. Er hatte gestern dicke Beine vom vielen Laufen. Während sich Opa auf dem Oberdeck in die Sonne legte und die Ruhe genoss, gingen Oma und ich einmal in den Badebereich auf dem Schiff. Wir waren begeistert von der großen Rutsche und den schönen Schwimmbecken. Natürlich haben wir an jeder Ecke etwas getrunken oder gegessen. Als Opa mit uns zum Abendbuffet gehen wollte, sagte Oma: „Herrmann geh du mal allein zum Buffet. Mats und ich haben heute zu viel geschlemmt!"

Am Abend haben wir uns eine Show im Atrium angeschaut. Das war mehr was für die Älteren an Bord, als für Kinder. Sie haben da so eine Art „Wer wird Millionär" gespielt. Die Erwachsenen waren richtig gierig darauf zu den Kandidaten auf der Bühne zu gehören. Ich hätte die Fragen nicht beantworten können.

Am nächsten Morgen wurden wir früh von einer Schiffsdurchsage geweckt. Wir sollten alle rausschauen, da das große Schiff nun die engen Stellen in den Schären passierte, bevor wir den Hafen von Stockholm erreichten.

Opa und Oma hatten eine Busfahrt zum Palast des Königs gebucht. Das war eine lange Tour. Es war sehr heiß an diesem Tag. Wir waren erfreut über jeden Schattenplatz und jede Erfrischung, die sich uns anbot. Auf der

84

Tour bekam ich Kontakt zu zwei anderen Kindern, die ich schon auf dem Schiff gesehen hatte. Wir verabredeten uns für den Abend auf dem Sportdeck. Nach dem Abendessen trafen wir uns und spielten zusammen Basketball. Wir erzählten ein wenig. Die beiden kamen aus der Nähe von Wismar.

An den beiden letzten Abenden auf dem Schiff trafen wir uns abends immer zum Basketball spielen. Die beiden wurden auch von Opa und Oma begleitet. Natürlich saßen die Opas und Omas dann zu viert an der Bar und genossen die Live-Musik auf dem Oberdeck.

Wir haben zum Ende der Reise noch die Adressen ausgetauscht. So kamen wir nach sieben Tagen Kreuzfahrt wieder in Warnemünde an. Es war eine schöne Reise mit Opa und Oma. Trotzdem war ich froh bald wieder zuhause zu sein, um mit meinen Freunden die restlichen Ferientage zu verbringen."

Alle saßen noch still und gebannt auf ihren Plätzen. Dann klatschen sie alle in die Hände.

„Das hast du sehr gut aufgeschrieben, Mats! Warst du schon einmal mit deinen Großeltern auf einer Kreuzfahrt? Oder hast du dir alles einfallen lassen?" schaute Herr Bosse fragend.

„Nein, ich habe es mir nicht einfallen lassen. Im letzten Jahr war ich mit Opa und Oma auf Kreuzfahrt. Ich hatte während der Reise ein Logbuch geschrieben. So fiel es mir leicht, diesen Aufsatz zu schreiben." Mats lächelte jetzt entspannt.

„Wirklich ein ganz toller Aufsatz. Es schien so, als hättest du die Zeit genossen, obwohl es mit Opa und Oma ein wenig langweilig war?"

„Es ging so. Noch einmal würde ich so eine Fahrt lieber mit meinen Eltern machen. Aber die haben im Sommer leider wenig Zeit, da sie im Tourismus stark beschäftigt sind."

„Ja, das ist sehr schade für euch Kinder. Aber irgendwie muss man sein Geld verdienen. Und leider sind wir hier auf der Insel vom Tourismus abhängig. Möchte von euch noch jemand etwas zu dem Aufsatz sagen?" Herr Bosse blickte in der Klasse umher. „Ja Klöni, bitte!"

„Ich fand den Aufsatz richtig super. Man ist so richtig mitgefahren. Am lustigsten war der Trick mit dem Eis," sagte Klöni

„Ja genau," riefen die anderen Kinder fast einstimmig.

„Alle anderen legen mir bitte die Aufsatzhefte hier vorne aufs Lehrerpult. Ich werde sie dann in den nächsten Tagen durchlesen und gegebenenfalls korrigieren. Packt jetzt eure Taschen und nehmt sie mit nach draußen!" sagte Herr Bosse

„Was machen wir denn jetzt?" rief Lara wieder laut in die Klasse.

„Lasst euch überraschen!" Herr Bosse ging voran aus dem Klassenzimmer

„Draußen, vor dem Schulhof steht ein Bus. Da steigt ihr bitte ein und sucht euch einen Platz!"

Die Schüler rannten nach draußen.

„Oh, Matthes du?" Klöni schaute ganz irritiert, als er in den Bus stieg.

„Ja Klöni, so schnell sieht man sich wieder. Ich konnte doch heute Morgen nichts sagen, da sonst die ganze Überraschung von Herrn Bosse dahin gewesen wäre!"

Als alle saßen nahm sich Herr Bosse das Mikrofon.

„Da ihr alle in der letzten Zeit so fleißig gewesen seid, habe ich mir gedacht, dass wir einen kleinen Ausflug zum U-Boot Museum im Hafen machen. Es ist nicht weit und wir werden pünktlich zurück sein, damit ihr eure Busse zum Weg nach Hause bekommt."

„Was gibt es im U-Boot Museum zu sehen?" rief Lara wieder laut.

„Wer von euch kann Lara erklären, was am U-Boot Museum so Besonderes ist?"

Cindy schnipste mit den Fingern. „Ja bitte Cindy, kannst du uns was dazu sagen?"

„Ist das ein Schiff, dass unter Wasser fährt?" fragte Cindy

„Hmmh, fast richtig!" Herr Bosse hielt sich wieder sein Kinn fest. Er musste jetzt aufpassen mit seiner Formulierung. Ihm ging einiges durch den Kopf und er durfte auch nichts falsches antworten.

„Ein U-Boot wurde speziell für die Marine gebaut, um sich unter Wasser fortzubewegen. Es diente als Kriegswaffe der einzelnen Staaten. Schaut es euch nachher genau an. Schreibt euch eure Fragen dazu auf. Wir werden die Fragen im nächsten Unterricht besprechen. Und jetzt wünsche ich euch viel Spaß!"

14. Klein genug für einen U-Boot Gang

„Alle aussteigen!" rief Matthes über das Mikrofon in den Bus hinein.

„Das U-Boot Museum ist hier vorne rechts und etwas weiter links liegt das U-Boot Otus am Kai des Hafens. Am besten sammelt ihr euch alle vor dem Eingang zum U-Boot Museum." fügte Matthes hinzu.

Ylvi nahm Klöni an der Hand. „Komm lass uns vorgehen. Dann können wir zusammen ins Museum und ins U-Boot!"

Klöni lächelte Ylvi an. „Das wird bestimmt spannend und wir haben am Wochenende viel zu erzählen!"

„Viel zu erzählen? Am Wochenende?" fragte Ylvi erstaunt.

„Ja, weißt du es noch nicht?" sagte Klöni freudig.

„Was soll ich wissen?" entgegnete Ylvi mit fragendem Blick

„Du und deine Mama, ihr schlaft an diesem Wochenende bei uns.!" sagte Klöni

„Wieso?" fragte Ylvi wieder.

„Morgen wird doch unser Cafe eröffnet und da wird jede Menge los sein. Da haben Papa und Svea entschieden, dass ihr direkt bei uns bleibt. Sonst müsstet ihr doch immer hin und her fahren!" Klöni klang äußerst selbstsicher.

„Das ist ja cool. Dann haben wir jede Menge Zeit!" Ylvi war fröhlich und ließ ihrer großen Freude freien Lauf. Sie hüpfte und sprang vor Freude in die Luft.

„Weißt du was, Klöni?"

„Nein Ylvi, aber du wirst es mir bestimmt sagen!"

„Im Traum habe ich daran gedacht, dass wir bei euch bleiben können. Und nun ist es Realität. Ach, wie ist das schööööön!" und Ylvi drehte sich mit ausgebreiteten Armen.

Herr Bosse kam an Klöni und Ylvi vorbei. Er zog die Augenbrauen hoch und seine Stirn ganz kraus:

„Was gibt es denn hier zu feiern?" fragte Herr Bosse

„Ich darf am Wochenende mit meiner Mama bei Klöni und seinem Papa bleiben!" Ylvi juchzte schon wieder.

„Na das ist doch eine schöne Überraschung. Ich bin gespannt, was ihr alles so erleben werdet am Wochenende!"

Dann wechselte Herr Bosse schnell das Thema.

„Hört mal alle her!" Herr Bosse winkte alle Kinder an sich heran.

„Wir besichtigen heute das U-Boot Museum und das U-Boot Otus, draußen am Kai. Ihr seht es dort vorne im Wasser liegen. Wir haben den Vorteil, dass wir die einzigen hier sind, bevor nachher die ersten Touristen kommen!"

Herr Bosse erhob beide Armen und zeigte mit den Fingern in Richtung Museum und U-Boot.

„Teilt euch bitte in zwei Gruppen auf. Die erste Gruppe geht mit der netten Dame," Herr Bosse zeigte auf die große Frau mit der Matrosenmütze auf dem Kopf, „die ihr da vorne seht, ins U-Boot Museum.

„Sie wird euch an Bildern und Gegenständen aus der damaligen Zeit die Geschichte über das U-Boot Otus erklären!"

Klöni und Ylvi riefen den anderen zu: „Gruppe 1 hierher!"

Schnell stellten sich weitere vier Kinder zu Klöni und Ylvi.

Die nette Dame kam auf Gruppe 1 zu: „Na, dann kommt mal mit mir. Ich heiße Yvonne und werde euch hier im Museum die Geschichte des U-Bootes H.M.S OTUS erklären!"

Das Museum ist ein moderner Bau direkt im Hafen von Sassnitz.

„Wenn ihr hier links auf die ersten Bilder der Ausstellung achtet, dann seht ihr die Baufortschritte des ehemals britischen U-Bootes. Die Briten benötigten damals ungefähr sechs Jahre, um dieses U-Boot zu bauen." Yvonne zeigte auf die großen Poster.

„Der Bau der U-Boote musste an einem geheimen Ort stattfinden, damit andere Nationen die Entstehung nicht mitbekamen und ähnliche U-Boote nachbauen konnten. Das U-Boot OTUS wurde im Persischen Golf und vor den Falkland Inseln eingesetzt. Es konnte bis zu 300 Meter tief tauchen und war mit achtundsechzig Mann Besatzung unterwegs. Wie die Besatzung gelebt hat und wie sie mit den Gegebenheiten an Bord umging, seht ihr nachher bei der Besichtigung des U-Bootes!"

Sie gingen weiter durch die Gänge des Museums und schauten sich zahlreiche Bilder und Landkarten an. Dann fuhr Yvonne mit ihren Erklärungen fort.

„Insgesamt wurden 27 U-Boote des gleichen Typs gebaut. Dreizehn U-Boote waren für die Britische Royal Navy im Einsatz. Die restlichen vierzehn U-Boote wurden von den Ländern Kanada, Brasilien, Australien und Chile zur Verteidigung genutzt.

Klöni schnippte mit den Fingern.

„Ja bitte! Hast du eine Frage?" rief Yvonne, die ein paar Meter weiter weg stand.

„Wurden die U-Boote alle in Kriegen eingesetzt?" fragte Klöni.

„Nicht alle U-Boote waren an kriegerischen Auseinandersetzungen beteiligt. Einige von Ihnen dienten nur zur Abschreckung für andere kriegerische Nationen. Früher war es wichtig für viele Nationen die besten Waffen zu haben und somit Ihre Autorität zu zeigen!"

„Unser U-Boot OTUS hatte kriegerische Einsätze vor den Falkland Inseln für ca. 3 Monate. Dort hatte das argentinische Militär versucht die Falkland Inseln vor der Küste von Südamerika einzunehmen. Die Falkland Inseln waren unter britischer Herrschaft. Die Einwohner der Falkland Inseln baten um militärische Unterstützung durch die Briten, um eigenständig zu bleiben. Sie wollten nicht zu Argentinien gehören."

„Strategisch waren die Falkland Inseln von großer Bedeutung für den gesamten Schiffverkehr nach Südamerika und Südafrika. Schiffe, die Probleme hatten konnten in den Häfen der Falkland Inseln noch einmal alles reparieren, wenn sie weiter fuhren in den Indischen Ozean."

„So fanden zuerst einmal kriegerische Auseinandersetzungen zwischen Argentinien und den Briten statt. Nach einigen Kämpfen haben die Briten eine diplomatische Lösung des Krieges gefunden und die Auseinandersetzung war schnell vorbei." lauteten die Erklärungen von Yvonne.

Klöni schaute ganz gespannt. Das war alles sehr aufregend und interessant für ihn.

Yvonne ging weiter durch die Gänge des Museums. Sie zeigte nach rechts.

„Hier vorne seht ihr Kleidungsstücke und Gegenstände des täglichen Gebrauchs, wie sie von der Besatzung an Bord
des U-Bootes genutzt wurden. Da nicht viel Platz war an Bord des U-Bootes, musste sich die gesamte Besatzung auf das Mindestmaß an Gegenständen und Bekleidung beschränken." Yvonne hielt kleine Taschen in die Höhe.

„Jedes Besatzungsmitglied hatte im U-Boot weniger als einen Quadratmeter Platz. Die Kojen standen der jeweiligen Schicht zur Verfügung, die gerade Pause hatte. So mussten sich zwei Matrosen ein Handtuch und eine Haarbürste teilen. Eine eigene Zahnbürste hatte jeder. Die Barthaare wurden nur bei einem Landgang geschnitten!"

Sehr schwierig und belastend waren lange Fahrten unter Wasser, um ferne Ziele zu erreichen. Da war an Bord die höchstmögliche Kameradschaft notwendig, um so lange auf so engem Raum zusammen zu leben. Achtet nachher besonders bei der Begehung des U-Bootes auf diese Einzelheiten!"

„Das klingt alles spannend," seufzte Ylvi.

„Sicher klingt es spannend, aber es war damals bitterer Ernst in der Enge eines U-Bootes für die Besatzung. Viele sind nach kriegerischen Einsätzen nie wieder richtig im Leben klargekommen. Fast die Hälfte der Besatzung hatte nach einem U-Boot Einsatz, der sich über Jahre hinziehen konnte, so starke Psychische Störungen, dass sie erst nach Jahren wieder am Leben teilnehmen konnten!" Yvonne`s Blick war total ernst.

„Ich habe dieses Leid selbst erfahren müssen, da mein Vater auf einem U-Boot zur See gefahren ist!" Yvonne schaute traurig. „Er hat heute noch vor vielen Dingen des Lebens Angst und reagiert panisch!"

„Für euch sollte es immer ein bedeutendes Ziel im Leben bleiben, friedlich und freundlich mit euren Mitmenschen umzugehen und zu leben!" Yvonne ging lang sam zur Ausgangstür des Museums und öffnete diese.

„Ich hoffe, dass ich euch einige Eindrücke über das

U-Boot und das Leben darin vermitteln konnte!"

Ylvi meldete sich noch einmal kurz zu Wort: „Und wieso steht ein britisches U-Boot hier im Hafen von Sassnitz?"

„Als das U-Boot außer Dienst ging, wurde es von der britischen Regierung zu Museumszwecken bereitgestellt. Die Regierung hat das U-Boot gekauft und in der Werft von Stralsund umgebaut, damit es als Attraktion für den Tourismus hier im Hafen von Sassnitz stationiert."

Yvonne hielt die Tür auf und verabschiedete die erste Schülergruppe.

Klöni und Ylvi gingen zum U-Boot und warteten bis die anderen herauskamen.

„Also ich fand das spannend und gespenstigt," sagte Klöni

„Ich auch! Vor allem das Innere des U-Bootes war auf den Bildern schon sehr beängstigend. Irgendwie fürchte ich mich jetzt ein wenig vor dieser Enge im U-Boot!" Ylvi schaute etwas nachdenklich.

„Hast du Angst ins U-Boot zu gehen?" fragte Klöni.

„Ein bisschen schon!" Ylvi schaute immer noch ganz verdattert.

„Keine Sorge Ylvi, ich bin doch bei dir. Schau dir die Gesichter der anderen an, die jetzt gerade aus dem U-Boot kommen. Die sehen zufrieden aus!"

„Ja, du hast Recht. Komm, gehen wir zusammen mit den anderen rein ins U-Boot!" sagte Ylvi.

Ylvi und Klöni gingen Hand in Hand über die kleine Gangway. Sie gingen hinauf zur großen Luke auf dem U-Boot. Dort stand schon Herr Bosse und winkte die sechs heran.

„Kommt hinunter in den Bauch des U-Bootes. Ihr müsst vorsichtig sein, wenn ihr die Leiter hinunter ins U-Boot steigt. Achtet bitte darauf, dass ihr euch alle recht klein macht. Es alles sehr eng." Sagte Herr Bosse

„Ich geh vor," sagte Klöni

Klöni stieg die Leiter hinab, ins Innere des U-Bootes. Ylvi kam langsam hinterher.

Es war sehr hell hier unten im U-Boot. Mächtige Scheinwerfer erleuchteten das Innere des U-Bootes. Nachdem alle unten waren, erklärte Herr Bosse den Schülern, dass sie bitte alle Hinweise beachten sollten, die an den verschiedenen Einrichtungen des U-Bootes stehen.

„Wir befinden uns hier im Bauch des U-Bootes. Es ist zur Sicherheit der Besatzung in fünf Sektionen aufgeteilt. 1. Gefechtsstand, 2. Kombüse und Waschgelegenheit, 3. Antriebsmotoren, 4. Schlafbereich für die Mannschaften, 5 Kajüte für die Offiziere und den U-Boot Kapitän.

„Die einzelnen Sektionen konnten durch sogenannte Schotten dicht gemacht werden. So schützte man Teile der Mannschaft, falls das U-Boot einmal von Geschossen getroffen wurde und ein Teil des U-Bootes unbrauchbar wurde!" berichtete Herr Bosse mit lauter Stimme.

Es war nur ein schmaler Gang im Bauch des U-Bootes. Rechts und links Motoren, jede Menge Uhren die den Druck, Tauchtiefe, Füllstände etc. anzeigten.

Herr Bosse winkte alle Schüler weiter nach rechts.

„Schaut euch alles in Ruhe an. Auf den kleinen Schrifttafeln ist vieles gut erklärt!"

Herr Bosse ging weiter. „Ihr dürft euch gleich nicht erschrecken. In wenigen Minuten wird über die Lautsprecher hier im U-Boot nachgestellt, welche Stimmen und Geräusche damals im vollem U-Boot Betrieb zu hören waren. Das soll euch den Eindruck über die tatsächliche Situation und den Lärm auf so einem U-Boot geben."

Herr Bosse ging ein paar Schritte weiter: „Später schauen wir uns durch die Periskope den Hafen von Sassnitz an!"

Klöni und Ylvi zwängten sich durch die Motoren und die
kleinen Schotten in den Kojenbereich. Es waren echt kleine Betten für die Besatzung. Die Küche oder Kombüse des U-Bootes war winzig. Hier sollte für dreiundsechzig Mann gekocht werden?

Rechts und links waren kleine Schreibplätze. Weitere Tische mit jeder Menge Messgeräte und Mikrofone befanden sich gegenüber. Es war erschreckend, wie eng es im Bauch des U-Bootes war.

Riesige Armaturen sind hier unten verbaut. Funkpeilgeräte und Kurzwellensender für die Verbindung nach außen. Radar- und Sonargeräte, mit denen man unter Wasser feststellen konnte, ob sich im Umkreis von zehn Kilometern irgendwelche Felsen oder Wracks befanden, die es zu umfahren galt.

Hydraulische Anlagen, die für die Stellung der Ruder und Schiffsschrauben verantwortlich waren. Eine riesige Sprinkleranlage, falls mal ein Feuer ausbrechen würde und es dann schnellstens gelöscht werden musste.

Plötzlich erklangen aus den Lautsprechern laute Töne. Motorengeräusche. Überall piepste etwas. Männerstimme waren durcheinander zu hören. Alle mussten sich die Ohren zuhalten, so laut wurde es. Man hörte noch nicht einmal, dass einige der anderen Schüler vor Schreck kreischten.

Nach einer gefühlten Ewigkeit war es plötzlich wieder still.

„Sind alle noch da?" Herr Bosse schaute nach rechts und nach links

„Ja!" klang es etwas verhalten aus den Kehlen der Schüler.

„Was waren das denn für irre Geräusche?" rief Ylvi

„Mit dieser Geräuschkulisse musste die Besatzung während der ganzen Fahrt leben und klarkommen. Das war eine große Belastung für die Männer hier an Bord. Das

Leben an Bord war kein Zuckerschlecken. Wer hier an Bord arbeiten durfte, der musste sich vorher einem sehr schwierigen Belastungstest unterziehen. Erst nach bestandenem Test durfte man an Bord eines U-Bootes arbeiten."

Herr Bosse ging weiter in die Mitte des U-Bootes.

„Kommt mal alle hierher. Hier könnt ihr jeder einzeln und nacheinander durch die beiden Periskope in den Hafen von Sassnitz schauen!"

Nacheinander schauten alle abwechselnd durch die Periskope und staunten nicht schlecht darüber, wie deutlich sie alles im Hafen erkennen konnten.

Die Linsen der Periskope waren so stark, dass man die kleinsten Schiffe auf der Ostsee genau erkennen konnte. Die Möwen ganz vorne auf der Kaimauer waren so groß wie Flugzeuge.

Klöni und Ylvi gingen noch zum Bug des U-Bootes und schauten sich die Torpedo Geschütze an. Es waren große Druckkammern, aus denen die Torpedos im Ernstfall abgefeuert wurden. Die Menge an Instrumenten und Messgeräten war verwirrend groß.

Sie gingen wieder zurück zur Treppe und verließen das U-Boot.

Oben angekommen musste Ylvi erst einmal richtig durchatmen.

„Boah Klöni, in so einer Enge und bei so einem Geruch könnte ich es nicht lange aushalten."

„Ich auch nicht!" Klöni wischte sich den Schweiß von der Stirn.

„Aber es war interessant, dass wir das einmal sehen durften. Von allein wären wir wohl nicht auf die Idee gekommen das U-Boot zu besichtigen. Jetzt freuen wir uns auf das Wochenende, Ylvi!"

Herr Bosse kam mit den anderen Schülern auch langsam die Treppe hinauf.

„Wir treffen uns alle wieder am Bus, Kinder!"

Ylvi und Klöni gingen Hand in Hand zum Bus.

Matthes saß im Bus und war wohl eingeschlafen.

Klöni klopfte an die Fahrertür. Matthes zuckte kurz, schüttelte sich und öffnete dann die Bustür.

„Ihr seid aber schnell!" Matthes schaute auf die Uhr.

„Waaas? Ist es schon so spät? Ich muss wohl eingeschlafen sein!"

Herr Bosse und die anderen Kinder bestiegen ebenfalls den Bus.

Nachdem Matthes losgefahren war, nahm Herr Bosse sich noch einmal das Mikrofon.

„Hat es euch allen Spaß gemacht?" rief Herr Bosse ganz laut durchs Mikrofon.

Ein schallendes „Jaaaaa" kam aus den Kinderkehlen zurück

„Hoffentlich bleiben interessante Eindrücke für euch! Diesmal braucht ihr keinen Aufsatz schreiben. Aber es wäre schön, wenn ihr euren Eltern von unserem 2. Ausflug erzählt. Das ist nicht selbstverständlich. Ich wünsche euch ein schönes Wochenende und kommt gut nach Hause!"

15. Die Eröffnung und kleine Überraschungen

Es ist ein Samstagmorgen wie aus dem Bilderbuch.

Strahlend blauer Himmel. Hellblaue Ostsee und die Morgensonne zeigten sich in voller Größe. Die Morgensonne hat die die ersten Blümchen auf dem Steilhang angestrahlt. Es schien ein ruhiger Tag hier am Hafen von Lohme zu werden.

Im Cafe riecht es nach frischen Brötchen und gutem Kaffee. Papa und Svea sitzen schon am Frühstückstisch und unterhalten sich über die nächsten Stunden bis zur Eröffnung.

Klöni und Ylvi kommen gerade an den Frühstückstisch. Sie rieben sich beide noch die Augen und gähnten vor sich her um die Wette.

„Ach was für ein wundervoller Morgen. Seid ihr schon lange wach, Papa?" fragte Klöni

„Ja natürlich! Es ist nicht mehr lange bis zur Eröffnung des Cafes. Aber jetzt wollen wir erst einmal zusammen frühstücken und gut gestärkt in den Tag gehen!" sagte Papa beschwingt

Die glitzernden Sonnenstrahlen fielen durch das Fenster auf den bunt gefüllten Frühstückstisch.

„Reichst du mir bitte mal die Butter, Ylvi?" sagte Klöni leicht gähnend

„Willst du auch noch ein Ei aus dem Körbchen?" sagte Ylvi lächelnd.

„Joooaahh, dass nehme ich auch noch!"

Klöni schmierte sich sein Brötchen und klopfte sein Ei auf. „Den Salzstreuer bitte!"

Ylvi reichte ihm auch den Salzstreuer. „Du lässt dich ja morgens ganz schön bedienen!"

„Aaach Ylvi, ich bin doch noch so müde und ehrlich, ich brauche ein bisschen Anlaufzeit, um in die Gänge zu kommen!"

Papa und Svea amüsierten sich sichtlich über den Dialog, den die beiden mit sich führten.

„Wann bist du denn so weit, dass wir mit dir rechnen können, Klöni?" fragte Papa

„Zeeehhhnn Minuten noch, Papa. Dann bin ich voll fit." gähnte Klöni.

„Na, da bin ich ja gespannt. So kenne ich dich gar nicht. Sonst bist du morgens der Erste, der hier herumhüpft und alle mit seinen vielen Fragen löchert. Seid ihr denn gestern erst so spät eingeschlafen?" entgegnete Papa verwirrt.

„Nö, dass nicht, glaube ich. Ich habe nicht auf die Uhr geschaut. Ylvi und ich haben noch Musik gehört und dann sind wir irgendwann eingeschlafen."

Es piepste in der Backstube. Papa stand von Frühstückstisch auf und rannte schnell in die Backstube

„Kommst du mal schnell, Svea?" rief Papa laut.

„Ja, ich komme!" Svea stand auf und räumte die beiden Teller und Tassen von sich und Papa auf die Anrichte. Mit einem strengen Blick zu Ylvi gerichtet sagte Svea:

„Ylvi? Wenn ihr beiden fertig seid mit dem Frühstück, könnt ihr aufräumen und das Geschirr und Besteck in die Spülmaschine einräumen!"

„Ja Mama, machen wir!" Ylvi klang noch richtig müde.

Klöni und Ylvi hatten die Küche gerade aufgeräumt, da kam Papa aus der Backstube zurück.

„Das habt ihr sehr gut gemacht. Wenn ihr gleich fertig angezogen und gewaschen seid, dann kommt doch bitte ins Cafe. Wir wollen dann noch kurz besprechen, wer von unseren Gästen einen reservierten Platz benötigt!"

„Ja, machen wir! Wir ziehen uns nur eben die guten Sachen an," rief Klöni, der bereits auf dem Weg ins

Badezimmer war. Ylvi schlurfte langsam hinterher. Der Dielenboden knarrte unter ihr.

Im Cafe war alles hübsch dekoriert. Svea hat dafür ein besonderes Händchen. So wie Mama früher.

Für die angemeldeten Gäste hatten Svea Tischkärtchen vorbereitet.

„Könnt ihr die Tischkärtchen an den einzelnen Plätzen verteilen?

Macht es einfach bunt gemischt. Das sieht immer lockerer aus, im Nachhinein," meinte Svea.

„Aber die Bürgermeisterin und ihr Mann müssen an einem Tisch sitzen," rief Papa.

„Aye, Aye Sir!" Klöni lachte herzlich und salutierte vor Papa.

Ylvi verteilte währenddessen die Tischkarten. Sie rückte die Stühle nochmals gerade und rief dann: „Fertig!"

„Das ist schön, dass alles so schnell ging. Jetzt können die Gäste kommen!" Svea sah sichtlich erleichtert aus.

Svea ging draußen auf die Terrasse des Cafes und schaute auf die Ostsee hinaus. Zwar schien die Sonne, aber es wurde gerade richtig stürmisch. Über der Ostsee sah man auch schon dunkle Wolken aufziehen, die sich im starken Wind der Küste näherten.

Und dann war es auch schon so weit. Nach und nach trudelten die Gäste im kleinen Cafe ein. Sie hatten Blumengestecke und kleine Päckchen mit Süßigkeiten als Gastgeschenk mitgebracht.

Klöni und Ylvi nahmen Papa und Svea die schönen Geschenke ab und stellten sie alle auf das alte Schränkchen, dicht neben dem Kaminofen.

Die Gäste begrüßten sich untereinander, als hätten sie sich eine Ewigkeit nicht gesehen. Es war ein lautes Gemurmel und alles klang freundlich.

Ping, Ping, Ping, machte es ganz laut. Papa hatte mit einem Löffelchen gegen sein Glas geschlagen.

„Liebe Gäste!" Papa räusperte sich laut und fing nochmal von vorne an.

„Liebe Gäste, wir möchten Sie recht herzlich in unserem kleinen Cafe begrüßen und bedanken uns, dass sie so zahlreich unserer Einladung gefolgt sind!"

Papa richtete seine Krawatte, die er bestimmt schon vier Jahre nicht mehr getragen hatte.

„Wie sie alle wissen, wird es für uns in diesem herrlichen Ort Lohme, die erste Saison im kleinen Cafe sein. Wir möchten Sie daher vor dem Beginn der offiziellen Sommersaison herzlich bei uns begrüßen und kennenlernen. Sicher

weden wir uns in den kommenden Wochen des Öfteren sehen, aber manchmal sieht man dann den Wald vor lauter Bäumen nicht, wenn die Saison mal so richtig angelaufen ist. Deshalb ist es uns eine große Freude mit Ihnen zusammen, die Eröffnung unseres kleinen Cafes gemeinsam zu feiern!"

Die Gäste klatschen und nickten alle bejahend.

„Genießen Sie daher Kaffee und Kuchen. Wir alle wünschen ihnen einen Guten Appetit!" fuhr Papa fort.

Eilig stand die Bürgermeisterin von Ihrem Platz auf.

Das sie dabei fast ihren Stuhl umgeworfen hatte, den ihr Mann auffangen konnte, hatte sie nicht bemerkt. Sehr wohl die anderen Gäste, die ein wenig über die Situation lachten. Die Bürgermeisterin schaute ein wenig irritiert, begann aber ihre Rede.

„Ich möchte mich im Namen aller Bewohner des Ortes bei Ihnen für diese nette Einladung in ihr kleines Cafe bedanken. Es ist heutzutage immer wichtig, dass sich eine Ortsgemeinschaft zentral zusammenkommt und miteinander sprechen kann!"

Die Bürgermeisterin machte eine kurze Pause und schaute nickend in die Runde der Gäste.

100

„Gleichzeitig möchte ich erwähnen, dass sich alle eingeladenen Gäste sehr freuen, sie hier in unserem Ort offiziell begrüßen zu dürfen."

Wieder machte die Bürgermeisterin eine kleine Sprechpause und blickte wohlwollend auf die Gäste. Dann fuhr sie fort:

„Schon vor dieser Einladung, war es mir eine Freude Ihre Kinder Klöni und Ylvi im Dorfladen kennenzulernen. Ylvi und Klöni sind nach so kurzer Zeit, durch ihre Uneigennützige Hilfe im Ort, bekannt geworden. Andere Mitbürger dieses Ortes haben mir bereits berichtet, dass sie der armen Frau Bosse geholfen hatten, als diese so schwer gestürzt ist!"

Die Gäste schauten sich nach Klöni und Ylvi um und klatschten laut Beifall.

Die Bürgermeisterin fuhr fort mit ihrer Rede:

„Wir wünschen Ihnen, dass sie gut aufgenommen werden in unserer Gemeinschaft und viel Erfolg in ihrer ersten Saison! Sicher wird alles Anfang schwer sein. Aber ich kann ihnen versichern, dass alle Anwesenden bekannt sind durch ihre uneigennützige Hilfsbereitschaft und sie bei vielem unterstützen können!"

Die Gäste klatschten und nickten bejahend.

Papa und Svea standen auf und bedankten sich. „Vielen, Vielen Dank für ihre schönen Worte! Wir wünschen uns nichts so sehr, wie ein Teil ihrer Dorfgemeinschaft zu werden. Genießen sie bitte den Kaffee und den herrlichen Kuchen!"

Alle waren zufrieden und redeten miteinander.

Papa und Svea kamen nicht dazu sich mit allen Gästen zu unterhalten. Viele Gespräche an den einzelnen Tischen waren so intensiv, dass keiner bemerkte, wie schnell die Zeit verging. Alle verständigten sich bei der Verabschiedung darauf, sich in Kürze wieder miteinander auszutauschen.

Wie es immer so ist, bleibt ein kleiner harter Kern übrig und quatscht sich fest.

Hinnerk, der Dorfladenbesitzer, Peter, der Hotelbesitzer und zweite Bürgermeister, Hagen der Fischer, hatten es sich so richtig gemütlich gemacht und waren dazu übergegangen sich ein Bierchen und ein Schnäpschen zu gönnen.

Papa und Svea waren noch ein wenig damit beschäftigt, dass gebrauchte Geschirr abzuräumen.

„Kommt doch her zu uns!" rief Hinnerk Papa und Svea zu.

„Ihr beiden natürlich auch!" Hinnerk winkte Klöni und Ylvi zu.

„Kommt setzt euch zu uns in die lustige Runde!" Peter und Hagen rutschen mit Ihren Stühlen etwas zur Seite, damit alle einen Platz am runden Tisch hatten.

„Wie können wir euch bei eurem Start hier in Lohme unterstützen?" fragte Peter

Papa schaute etwas verlegen: „Ich glaube, dass es am besten funktioniert, wenn wir uns gegenseitig helfen und wir den Touristen in der Saison eine Heimat auf Zeit geben. Dazu sollten wir alle eng zusammenarbeiten und gemeinsam die aufkommenden Problemchen lösen. Es ist mir sehr wichtig, dass wir über alles reden. Auch wenn es vielleicht mal unerfreuliche Dinge gibt, über die wir uns unterhalten müssen!"

Alle nickten zustimmend und Papa fuhr fort:

„Wir haben uns überlegt, dass wir euch hier im Dorf mit Backwaren versorgen. So braucht ihr nicht mehr jeden Tag den weiten Weg nach Sassnitz machen. Oder meint ihr, dass es Ärger mit den Bäckern in Sassnitz gibt?"

„Ganz im Gegenteil," schaltete sich Peter ein. „Ganz im Gegenteil! Wir haben nur noch zwei kleine Bäckereien in Sassnitz. Aus Altergründen werden die beiden auch bald schließen. Zur großen Bäckereikette ist das Verhältnis ist

leider nicht sehr gut. Man hat dort keine festen Ansprech-
partner. Alles nur junge Manager, die häufig nur kurze
Zeit im Unternehmen sind. Da sind wir doch besser dran,
wenn ihr uns beliefern könntet."

„Ja," sagte Hinnerk, „Es ist doch viel einfacher, wenn
ihr mich im Dorfladen beliefert, als wenn ich morgens in
aller Frühe um fünf Uhr nach Sassnitz fahren muss, und
mir dort Backwaren einkaufen muss!"

Hagen hob sein Glas und sagte: „Auf eine gute Dorfgemeinschaft und eine gute Zusammenarbeit!"

„Ich habe gehört, dass ihr für die anderen Dorfbewoh-
ner und Touristen einen kleinen Lieferservice anbieten
wollt?" fragte Hagen.

„Ja," sagte Papa.

„Klöni und Ylvi werden in ihrer Ferienzeit und an den
Wochenenden einen Lieferservice anbieten. Damit wir die
Idee des Lieferservices umzusetzen Können, haben wir
zwei Lastenfahrräder mit Hilfsmotor gekauft." sagte
Papa.

„Das ist wirklich eine schöne Idee. Ist noch Platz für einen Aufkleber, um auf dem Lastenfahrrad für mein Hotel
Werbung zu machen?" fragte Peter.

Klöni staunte nicht schlecht über die Frage.

„Na klar können wir das machen. Wir kommen nächste
Woche bei dir vorbei und dann suchen wir eine schöne
Stelle am Lastenkorb, um für dein Hotel Werbung zu machen! Und im Gegenzug kannst du uns ein paar neue Fuß-
bälle für den Verein spendieren!" lachte Klöni Peter an.

Peter lachte sich halb tot, über die Geschäftüchtigkeit
von Klöni.

„Du bist ja schon ein kleiner Geschäftsmann, Klöni. Das
gefällt mir. Ich würde mich freuen, wenn ihr nächste Woche zu mir kommt."

In diesem Moment erklang plötzlich die Sirene im Dorf.

Peter, der Mitglied wie die anderen bei der Freiwilligen Feuerwehr war, nahm sein Handy und rief die Notrufzentrale an. Er wollte in Erfahrung bringen, warum die Sirene ausgelöst wurde.

Peter nickte während des Telefonats mehrmals.

„Komm Hinnerk wir müssen los!" rief Peter

„Draußen, etwas weiter vor der Hafeneinfahrt, ist ein Segelboot havariert. Wir müssen den Seglern helfen, die einen Notruf abgesetzt haben. Die Kollegen von der Freiwillige Feuerwehr und die Seenotretter kommen auch gleich. Mach schon mal das Tor zum Hafen auf, damit die Feuerwehr hinunter zum Hafen fahren kann!"

Klöni und Ylvi sprangen auch auf. „Können wir auch mitkommen und helfen?"

„Ja, kommt mit. Am besten ist es, wenn ihr zwei Decken mitnehmen könnt. Sicher werden die Segler nass werden und frieren. Die Ostsee ist noch nicht sehr warm. Kommt einfach hinunter zum Hafen!" rief Hinnerk den beiden zu.

Hinnerk, Peter und Hagen eilten hinaus und rannten die Stufen hinunter zum Hafen.

16. Eine komplizierte Bergung und der Wunsch für die Zukunft

Im Hafen von Lohme herrschte rege Betriebsamkeit durch die vielen freiwilligen Helfer und der gerade heranfahrenden Feuerwehr.

Draußen auf der Ostsee, vor der Hafeneinfahrt trieb ein Segelschiff auf die Hafenbefestigungen zu. Der Motor des Segelschiffes ließ sich nicht mehr starten.

Sehr starker Wind von Nordost und die überaus starke Strömung sorgte dafür, dass das Segelschiff unkontrolliert im Wasser trieb.

„Kommt, wir nehmen schon mal mein Fischerboot!" rief Hagen.

Hinnerk und Peter sprangen auf das Fischerboot.

Hagen hatte schon den schweren Dieselmotor seines Bootes gestartet. Die Strömung war so stark, dass sie nur mit voller Motorkraft, langsam aus dem Hafen, auf die offene See hinausfahren konnten.

Die Freiwillige Feuerwehr war unter lautem Tatütata angekommen.

Sie fuhren rückwärts an die Slipanlage des Hafens heran. Dann ließen sie ihr großes Rettungsboot zu Wasser. Der Wind wurde immer stärker und pfiff allen um die Ohren. Die Wellen klatschten gegen die Kaimauern und das salzige Wasser spritzte hoch.

Klöni und Ylvi konnten durch das Fernglas beobachten, wie das Segelschiff zirka einen Kilometer vor der Küste umhertrieb. Das sah echt gefährlich aus.

Hagens Fischerboot hatte gerade die ersten hohen Wellen vor der Hafeneinfahrt durchfahren können. Immer noch hörte man den lauten Dieselmotor. So, als wenn man danebenstehen würde. Sicher wurde die Lautstärke auch durch den starken auflandigen Wind unterstützt.

Mittlerweile fuhr auch das Rettungsboot der Freiwilligen Feuerwehr aus dem Hafen und näherte sich schnell der havarierten Segelyacht.

Hagen war mit seinem Boot schon in Höhe des umhertreibenden Segelschiffes angekommen. Sie versuchten eine Leine auf das Boot zu werfen. Einer der Segler blutete stark am Kopf. Der andere Segler versuchte die Leine zu fangen.

Im vierten Versuch konnte der Segler die Leine fangen. Das Segelschiff erst einmal mit der Leine provisorisch gesichert. Die Freiwillige Feuerwehr erreichte jetzt ebenfalls das Segelboot. Einer der Feuerwehrmänner versuchte auf das Segelboot zu springen. Aber die hohen Wellen waren zuerst noch dagegen.

Hagen zog mit seinem Fischerboot das Segelboot hinter sich her, hinaus auf die Ostsee. Dort war die Strömung nicht so stark und die Wellen weiter auseinander. Nach ein paar Minuten konnte schließlich ein Feuerwehrmann auf das Segelschiff springen. Er warf ein weiteres Seil zum Rettungsboot. Endlich war die Segelyacht von zwei Seiten gesichert.

Trotz der starken Strömung und der hohen Wellen, gelang es ihnen das Segelboot in den Hafen von Lohme zu schleppen. Unter dem Beifall der zahlreichen Menschen im Hafen, brachten sie das Segelschiff an einen sicheren

Liegeplatz. Die herbeigerufenen Rettungssanitäter eilten zum Segelboot und versorgten die beiden Segler notärztlich.

Klöni und Ylvi reichten ihre Decken an die Sanitäter weiter. Die Segler kuschelten sich in die Decken ein.

„Wir haben noch eine Thermoskanne mit heißem Tee!" rief Klöni.

„Ja, reich sie mal bitte rüber!" rief einer der Sanitäter.

Mit seinen eiskalten Händen umfasste der erste Segler den Teebecher und trank anschließend daraus.

Der zweite Segler bekam noch einen Verband angelegt.

Danach führten die Sanitäter beide zum Rettungswagen.

Klöni und Ylvi rannten zum Rettungswagen.

„Wir kümmern uns um ihr Segelboot bis sie wieder gesund aus dem Krankenhaus zurückkommen!" rief Klöni den Seglern zu.

Die beiden Segler fuhren im Rettungswagen winkend und zitternd die steile Hafenstrasse hoch.

Hinnerk war mittlerweile von Hagens Fischerboot wieder an Land gekommen.

„Willst du auch eine Decke?" fragte Ylvi

Mit leicht bibbernder Stimme sagte Hinnerk: „Ja, danke. Das ist eine gute Idee!"

Hagen und Peter kamen jetzt auch zurück.

„Klöni, können wir uns gleich bei euch im Cafe etwas aufwärmen? Wir rufen unsere Frauen an, die uns dann trockene Klamotten bringen."

„Na klar doch, kein Problem!" antwortete Klöni

„Ylvi, renn du schon mal vor und sag Papa, dass er für alle einen heißen Grog machen soll!"

„Ja mache ich!" Ylvi rannte die Holztreppe zum Cafe hinauf.

Ein paar Minuten später kamen alle im Cafe an. Papa hatte bereits das Wasser für den Grog heiß gemacht.

„Man, dass war ja eine gefährliche Aktion auf dem Wasser. Ich konnte alles von hier oben beobachten!" sagte Papa.

„Zieht euch doch erst einmal eure nassen Klamotten aus und hängt sie über den Kaminofen. Ich besorge euch ein paar Handtücher und etwas zum Anziehen!" sagte Klöni.

„Wenn ihr fertig seid, stell ich euch den fertigen Grog auf den Tisch!" rief Papa.

Papa gab einen ordentlichen Schuss Rum und etwas schwarzen Tee in die großen Tassen.

Hinnerk, Hagen und Peter hatten ihre nassen Klamotten ausgezogen und waren in die alten Trainingsanzüge von Papa geschlüpft. Sie umklammerten mit ihren Händen die heißen Tassen. Der Grog dampfte richtig stark.

Der Kaminofen brannte stark und gab ihnen die nötige Wärme.

„Ooaaah, tut das gut. Ein warmer Grog hilft uns jetzt allen! Danke, dass ihr uns so gut versorgt!" meinte Peter.

„Keine Ursache! Das ist doch selbstverständlich. Schließlich habt ihr bei eurer Rettungsaktion kräftig frieren müssen." sagte Klöni.

„Was ist denn genau passiert?" fragte Papa.

Hinnerk bibberte und erzählte dann:

„Das Segelboot trieb im starken Wind und in der starken Strömung auf die Hafenbefestigung zu. Der Motor des Segelbootes war ausgefallen. Deswegen hatten die Segler auch die Kontrolle über das Segelboot verloren und konnten es nicht mehr steuern. Sie setzten deshalb einen Notruf ab. Wenn das Segelboot gegen die Hafenbefestigung gedrückt worden wäre, dann hätte das böse ausgehen können!" Hinnerk biss sich auf die Lippen und sprach dann weiter:

„Vor der Hafenbefestigung herrschen, bei solch einer Strömung und bei so starkem Wind, heftige Unterströmungen. Fällt man dort ins Wasser, ist es fast unmöglich an Land zu kommen. Vor Jahren sind hier schon einmal ein paar Segler in eine lebensgefährliche Situation geraten. Damals konnten die Segler gerade noch gerettet werden!" erzählte Hinnerk.

Papa schaute entsetzt: „Das klingt ja gefährlich!"

„Das ist es auch. So schön ruhig die Ostsee oft ist, so unruhig und gleichzeitig auch gefährlich, kann sie für die Schiffsleute sein," entgegnete Peter.

Sekunden später ging die Tür auf und die Frauen kamen mit der trockenen Kleidung für die drei ins Cafe.

„Na ihr habt es ja gemütlich!" Peters Frau lachte.

„Und wir haben schon gedacht, dass ihr hier frierend und in Decken gehüllt auf uns wartet. Stattdessen hat man euch richtig schön verwöhnt!"

„Das haben wir gerne gemacht!" sagte Svea

„Möchtet ihr auch etwas Warmes trinken? Und vielleicht noch ein Stückchen Kuchen?" rief Klöni.

„Da sagen wir nicht nein! Wo dürfen wir uns setzen?" sagte Peters Frau

Die Frauen suchten sich einen freien Stuhl und setzten sich mit uns zusammen an den runden Tisch.

Es wurde noch ein langer Abend in fröhlicher Runde.

Am nächsten Morgen bekamen wir die Nachricht von der Feuerwehr, dass es den geretteten Seglern wieder gut geht und sie in der nächsten Woche zum Hafen kommen, um ihr Segelboot wieder fit zu machen.

Ylvi und Klöni hatten noch eine Verabredung an diesem Sonntag mit der alten Frau Bosse.

Sie gingen zu dem kleinen Haus von Frau Bosse und läuteten an der Tür. Frau Bosse kam nach einer gefühlten Ewigkeit und öffnete die Tür.

„Das ist ja schön, dass ihr gekommen seid. Geht ins Wohnzimmer und setzt euch an den Tisch. Was wollt ihr zum Kuchen trinken? Tee oder heißen Kakao?"

„Zwei Mal heißen Kakao!" rief Ylvi

Klöni und Ylvi schauten sich interessiert die alten Fotos und Bilder, die an den Wänden hingen, an.

Ein paar Minuten später kam Frau Bosse mit einem kleinen Tablett aus der Küche ins Wohnzimmer geschlurft.

„Hier, für jeden von euch der heiße Kakao. Nehmt euch ein Stückchen Kuchen."

„Hmmmmhhh, leckerer warmer Sanddornkuchen. Den hatte Mama früher auch schon einmal am Sonntag für uns und die Gäste gemacht!" sagte Klöni, während er sich die Lippen mit der Zunge ableckte.

„Das freut mich, dass ich euren Geschmack getroffen habe. Magst du den Kuchen auch, Ylvi?"

„Ja, den mag ich sehr. Bei uns in Schweden gab es dazu immer noch ein Glas Eierlikör für die Erwachsenen!" sagte Ylvi lächelnd.

„Wie geht es euch hier in Lohme?" fragte Frau Bosse.

Klöni und Ylvi erzählten von ihren bisherigen Erlebnissen und von dem besonderen Ereignis gestern im Hafen. Frau Bosse hörte gespannt zu.

„Ja," seufzte Frau Bosse. „Früher musste mein Mann, der Kapitän war auf verschiedenen Schiffen auch solche Situationen durchstehen. Das war für mich oft sehr aufregend, wenn er einige Wochen auf See war und ich nichts von ihm gehört habe. Aber es ist immer alles gut gegangen."

„Ihr Mann war Kapitän?" fragte Klöni interessiert.

„Ja Junge, man hatte früher hier nicht viele Möglichkeiten sein Geld zu verdienen. Die meisten Männer von der Insel Rügen sind zur See gefahren und die Frauen haben das Haus in Ordnung gehalten und in den Sommermonaten ihre Zimmer an Urlauber vermietet."

„Dann hatten sie doch auch eine schöne Abwechslung und waren nicht immer allein!" sagte Ylvi.

„Manchmal ja und manchmal nein." stöhnte Frau Bosse

„Es kam immer ganz darauf an, welche Urlauber man in sein Haus ließ. Als wir noch zur DDR gehörten waren alle gleich. Alle waren froh, dass sie überhaupt eine Unterkunft hier auf der Insel bekommen hatten und hier ihren Urlaub verbringen durften. Als dann die Wende kam und Urlauber aus aller Welt zu uns auf die Insel kamen, war es nach einigen Jahren nicht einfach. Die Ansprüche der Urlauber stiegen und viele waren nicht mehr mit der einfachen Lebensweise zufrieden. Irgendwie hatte der ein oder andere immer etwas zu meckern. Die Matratze war zu weich, die Handtücher waren zu kratzig, der Kaffee schmeckte nicht,

weil man lieber einen Cappucino haben wollte. Und so weiter und so fort. Da habe ich aufgehört Zimmer zu vermieten. Ein paar Monate später kam mein Mann für immer nach Hause!"

„Das ist aber schade, dass die Urlauber sich so schlecht benommen haben!" sagte Klöni

„Ich bin gespannt, wie sich die Urlauber in unserem Cafe verhalten. Wir könnten auch noch fünf Zimmer vermieten. Aber damit fangen wir erst nächstes Jahr an!" fügte Klöni hinzu.

„Bei uns in Schweden ist es ganz anders. Da kommen die Urlauber nur zum Ausspannen und sind froh, wenn sie ein Dach über dem Kopf und ein warmes Bett haben. Die versorgen sich zumeist selbst und haben kaum größere Ansprüche!" erwiderte Ylvi.

„Wisst ihr Kinder, so wie die Welt sich immer fortwährend ändern wird, so werden sich die Menschen oder Urlauber verändern. Es ist genau wie im richtigen Leben: Wenn ich andere Kinder in eurem Alter so auf der Straße sehe, dann bin ich immer erschrocken, wie teilnahmslos sie reagieren. Sie haben meist Kopfhörer auf, haben ihr Handy in einer Hand und schauen sich noch nicht einmal um, wenn etwas in ihrer Nähe passiert. Ihr dagegen, seid sehr aufmerksam gewesen, als das Auto auf mich zu brauste und ich vor Schreck hingefallen war. Ihr habt mir sofort geholfen und mich sogar noch bis nach Hause begleitet. Das ist schon ein himmelweiter Unterschied zu den anderen Kindern hier im Ort oder in den Städten."

„Danke für das Kompliment, Frau Bosse!" Klöni und Ylvi nahmen sich noch ein Stückchen Kuchen.

„Und wisst ihr was?" Frau Bosse stand bei der Frage auf und ging zur Vitrine.

„Ich schenke euch diese schöne große Muschel! Diese Muschel hat mein Mann von einer Reise in die Karibik mitgebracht! Wenn ihr still seid und lauscht, dann könnt ihr das Rauschen des Meeres hören."

Frau Bosse reichte die große Muschel an Ylvi weiter.

„Auf jeden Fall möchte ich euch von Herzen „Danke" sagen, dass ihr meine Retter gewesen seid. Ihr werdet bestimmt noch viele kleine Abenteuer erleben. Und wenn ihr Zeit habt, dann könnt ihr gerne zu mir kommen und mir davon erzählen!"

„Das werden wir bestimmt machen. Sie können uns vielleicht auch einige Geschichten aus dem Dorf erzählen!" Klöni und Ylvi verabschiedeten sich von Frau Bosse.

Zufrieden gingen Klöni und Ylvi nach Hause und ließen den Sonntag mit Papa und Svea auf der Terrasse, mit dem Blick auf den Sonnenuntergang am Horizont, ausklingen.

Wie es weitergeht mit Klöni und Ylvi könnt ihr ab Kapitel 17 im neuen Buch „Klöni und Ylvi 2" lesen.